D1872576

JUGEND & VOLK EDITION WIEN DACHS-VERLAG

ISBN 3-85058-031-8

© Copyright 1992 by J&V • Edition Wien • Dachs Verlag Ges.m.b.H. Wien
© Copyright 1989 by Jugend und Volk Verlagsges.m.b.H., Wien
Alle Rechte vorbehalten
Fotos: Georg Riha
Text: Franz Endler, Inge Podbrecky
Druck und Bindung: Ueberreuter, Korneuburg

Gedruckt auf umweltfreundlich hergestelltem, chlorfrei gebleichtem Papier der Greenpeace-Klasse A

Georg Riha

WIEN

PERSPEKTIVEN EINER STADT

Panoramen – Luftaufnahmen – Detailansichten

Text Franz Endler und
Inge Podbrecky

PERSPEKTIVEN EINER STADT

EINE STADT WIE WIEN kann man nicht oft genug betrachten.
Von einer Stadt wie Wien kann man nicht oft genug berichten.
Und wenn es auch im ersten Moment langweilig wirkt, möchte ich angesichts der vorliegenden Fotografien, die neue Blickwinkel auf die Stadt ermöglichen, ein wenig aus der beinahe zweitausendjährigen Geschichte dieser Stadt erzählen. Denn was man auf den Fotos nicht unmittelbar sehen kann, mit einigen Hinweisen aber vielleicht doch auf dem einen oder anderen Bild entdeckt, das ist die Geschichte der Stadt. Und daß sie eine Geschichte hat, macht sie erst zu dem besonderen, immer neu zu betrachtenden Gemeinwesen. Und jetzt fangen wir wirklich an.

Aus klugen Büchern kann man lernen, daß bereits „altsteinzeitliche Jäger und Sammler" in der Gegend um Wien unterwegs waren. Funde beweisen, daß auf dem Leopoldsberg im ersten vorchristlichen Jahrhundert der keltische Stamm der Bojer lebte. Im Jahre 8 nach Christus fiel die Gegend um Wien als Provinz Pannonien an die Römer, im ersten Jahrhundert unserer Zeitrechnung erlangte auch Vindobona neben dem militärisch wichtigeren Carnuntum Bedeutung.
Es gab Soldaten und Zivilisten, streng voneinander getrennt, aus Funden weiß man, daß sich das Militärlager ungefähr dort befunden haben müßte, wo heute die Innere Stadt ist, und daß die Zivilisten im heutigen III. Wiener Gemeindebezirk siedelten.
An der Wende 1./2. Jahrhundert nach Christus wurde Vindobona ein Legionslager, es erhielt eine wichtige Aufgabe im „Konzept" des Römischen Reiches.
Und dann endlich, um 100 nach Christus, wird es richtig interessant für uns. Denn erstens erhielt Vindobona einen Grundriß, der sich heute noch als der des älteren Teils der Innenstadt nachweisen läßt, und zweitens dienten den Römern Ziegeln als Baumaterial, die damals schon (und Jahrhunderte hindurch bis in unsere Zeit) aus den Ziegeleien im heutigen XVII. Gemeindebezirk kamen. Den Römern wird der eine oder andere Wiener also bereits im 1. Jahrhundert nach Christus gezeigt haben, wohin sie sich wenden mußten, um an die Quellen jenes Reichtums zu gelangen, von denen zuletzt auch noch die Erbauer des Ringstraßen-Wiens profitieren konnten.
Hunnen, Langobarden, Slawen und Awaren waren in der Wiener Gegend daheim, nachdem die Römer abgezogen waren. Und lange vor dem Jahre 1000 nach Christus war die Gegend mehrfach Schauplatz von kriegerischen Auseinandersetzungen „gegen die Ungarn" gewesen. Ziemlich genau ab 976 nach Christus wird Wien als die Grenzstadt „gegen den Osten" bezeichnet. Und dieser Bezug zum „Osten" ist für Wien von signifikanter Bedeutung: Wie die Stadt davon profitiert hat, daß sie in den vergangenen Jahren als „Bollwerk" gegen den anstürmenden Osten galt, das ist immer noch zu fotografieren, zum Beispiel die barocke Imitation des großen Türkenzeltes, die wir heute als Oberes Belvedere jedem Touristen zeigen. Und selbstverständlich auch die Wunden der Stadt, die unverheilt vom letzten großen Krieg erzählen, als Wien noch einmal in einer „Ostmark" liegen mußte . . .

Um 1130 nach Christus wurde Wien die Stadt der Babenberger, die zu einem Handelszentrum erblühte, zu einer mittelalterlichen Stadt, in der die Kirche die reichste Bautätigkeit entfaltete.
Der Handel vollzog sich entlang der Donau oder auch entlang der natürlichen Routen in den Süden: Vor 1200 nach Christus weiß man von Wienern in Venedig, von Handelsleuten, die vor allem mit Italien Kontakt pflegten. Man weiß von Öl und Feigen, die über Wien nach Holland transportiert wurden. Und von Waren, die aus Regensburg über Wien bis nach Kiew gelangten . . .
Man weiß aber auch, daß die mittelalterliche Stadtmauer Wiens durch einen besonderen Handel finanziert wurde: Der Babenberger Anteil am Lösegeld für den englischen König Richard Löwenherz floß in den Bau der Mauern, die — von notwendigen Umbauten abgesehen — instand blieben, bis Kaiser Franz Joseph sie 1857/58 schleifen ließ und den Bau der Ringstraße genehmigte.
Gleich wieder mitten in der Kurzgeschichte Wiens also ein Hinweis auf Geschichte, die noch in der Gegenwart sichtbar ist. Nicht nur die Festung, in deren Kellergewölben Richard Löwenherz warten mußte, bis sein getreuer Knecht mit der Laute ihn suchen kam und fand, steht noch. Es existieren auch noch die Reste der einstigen Wiener Stadtmauer, später Bastion oder Bastei genannt. Gegen diese Bastei sind Schweden und Türken angerannt, nur gegen Napoleon bot sie keinen ausreichenden Schutz. Heute werden nostalgische Filme vor der Kulisse gewordenen Mölker Bastei gedreht. Kaum einem von den Schaulustigen bei den Dreharbeiten ist jedoch bekannt, von welcher Vergangenheit diese „Kulisse" zeugt.
Und wenn wir schon von der Babenberger-Zeit sprechen: Walther von der Vogelweide kam um 1190 an den Hof nach Wien und schrieb später, wie gut es ihm als Minnesänger in Wien gefallen hatte. Seither nimmt Wien für sich in Anspruch, eine Stadt zu sein, die bedeutende Musiker aus vieler Herren Länder anzieht.
Und noch ein weiteres wichtiges Datum ist urkundlich belegt: Seit 1294 ist

eine Judengemeinde in der Stadt bezeugt. Sogar der Standort des Bethauses jener Gemeinde ist bekannt: im Bereich der heutigen Seitenstettengasse, in der immer noch — oder gottlob wieder — die wichtigste Synagoge Wiens steht.
Immerhin, die Gegend, in der 1294 und heute die Synagoge in Wien stand und steht, ist für den Besucher leicht zu finden. Er muß nur der Jugend folgen, die sich dieses Viertel erobert hat, als vor wenigen Jahren die alteingesessenen Textilfirmen abgesiedelt wurden. Heute nennt man die verwinkelten Straßen rund um den Tempel auch das „Bermuda-Dreieck“ und meint damit eine Ansammlung attraktiver Lokale, in denen man sich die Zeit vertreibt.
Und hier wieder ein Bezug zur Vergangenheit: Auch der Minnesänger Tannhäuser weilte dereinst zu Besuch, machte sich ein Bild von den hiesigen Zuständen und pries Wien als „die Stadt der Phäaken“, der sorglosen Genießer. Spätestens seit dieser kompetenten Bestätigung der Wiener Lebenslust kann man Dokumente für die örtliche Freude am Essen, am Trinken und „am Weibe“ beibringen und von einer lebenslustigen, lebenshungrigen Stadt schreiben. Ernsthaftere Naturen mögen die vergangenen Jahrhunderte in Wien vielleicht auch als Jahrhunderte sehr weltlicher, meinetwegen oberflächlicher Freuden bezeichnen.
Und noch einiges gibt es aus dem 12. Jahrhundert nach Christus zu berichten, das den heutigen Bewohnern oder Besuchern eine Ahnung von der Qualität einer gewachsenen Stadt geben muß: 1081 wird erstmals Nußdorf, 1114 werden Döbling und das Kahlenbergerdorf, wenige Jahre später Inzersdorf und Penzing, darauf auch Gumpendorf urkundlich erwähnt — und die Wiener Außenbezirke und Vororte üben seit der ersten „Datierung“ ihre Wirkung auf die Innere Stadt aus. Wenn im ausgehenden 20. Jahrhundert Feuilletonisten gerührt darüber schreiben, daß Wien eine Ansammlung von immer noch nicht aller Eigenart entkleideten alten Dorfgemeinschaften ist, dann ahnt kaum ein Leser, was unter der Bezeichnung „alt“ zu verstehen ist . . .

Die Geschichte der Stadt im 17. Jahrhundert bedarf auch einer knappen Rekonstruktion: Mit der Stadtmauer ist der Bereich Innere Stadt ein für allemal definiert. Die Anstürme der Türken auf Wien bis 1683 müssen uns interessieren, weil sie noch einmal das Bild und die Stellung der Stadt wesentlich verändern. Kaum waren die Türken entscheidend zurückgeworfen, entstand das barocke Wien. Fischer von Erlach und Lucas von Hildebrandt bauten Adelspaläste innerhalb und außerhalb der Stadt, errichteten Kirchen, machten durch die großzügige Verteilung der Fläche, die in den von den Besatzern verwüsteten Vorstädten sozusagen „freigeworden“ war, auch weitläufige Gartenanlagen möglich.
Im genauen Gegensatz zur Zeit nach 1945, die mit der „Chance“ einer Stadterneuerung nichts anzufangen wußte, war die Zeit nach 1683 eine Gründerzeit. Der Adel zog ebenso nach Wien wie die Künstlerschaft, der Kaiserhof war der Mittelpunkt Europas. Viel von der Pracht des barocken Wien ist auf uns gekommen, den späteren „Epochen“ blieb weder die Notwendigkeit noch die Kreativität, das äußere Bild Wiens ein weiteres Mal grundlegend zu verändern. Ein einziges Beispiel soll einen Eindruck vermitteln: Ohne Bedenken opferte man ein Baudenkmal von der Größe und dem repräsentativen Anspruch eines „Neugebäudes“, als man das Schloß Schönbrunn zu bauen begann. Nie mehr ist seither in Wien so gedacht worden, alle Generationen nach der Barockzeit paßten sich großen (barocken) Vorbildern an oder hielten sich ehrfürchtig von ihnen fern. Sie zu zerstören, um aus ihrem Schutt etwas Neues zu bauen, gilt seit langer Zeit als undenkbar . . .
Barock aber ist selbstverständlich nicht nur die Bezeichnung für einen Baustil. Barock ist ein dem Charakter Wiens angemessener Lebensstil. Barock ist die Ausdrucksweise Abraham a Sancta Claras, barock ist die Freude an Festen bei Hof, barock ist die erste Blüte der Italienischen Oper, die unter Mitwirkung der Allerhöchsten Herrschaften aufgeführt wird. Barock ist ein wienerischer Stil, den Hugo von Hofmannsthal und Richard Strauss im 20. Jahrhundert scheinbar mühelos mit einer ganz anderen Epoche vermählten: Im „Rosenkavalier“ wird eine Geschichte aus der Zeit Maria Theresias erzählt und dabei ungeniert falsch und im höheren Sinn richtig die Walzer-Dynastie Strauß zitiert. Barock ist schließlich und endlich auch die Wiener Lust an großen Totenfeiern — der Doppelsarkophag, der Franz Stephan von Lothringen und seine Gemahlin Maria Theresia in der Kapuzinergruft birgt, erinnert an die größte Zeit Wiens.

Napoleons Besetzung Wiens, der Wiener Kongreß und das Biedermeier sollen ebenfalls nicht vergessen sein. Die Tatsache, daß in Wien der Grundstein zu einer europäischen Grabesruhe samt der von ihr geförderten großen Revolution ausgehandelt wurde, ist erinnernswert. Und selbstverständlich bringt die Baukunst im Biedermeier noch einmal höchst proportionierte neue Akzente in die Stadt, sind die Werke Joseph Kornhäusels (vom Stadttempel in der Seitenstettengasse über das Theater in der Josefstadt bis zum Neubau des Schottenklosters wesentlich und die großen Vergnügungs-Etablissements der Zeit (ganz Wien muß damals beinahe alle Nächte durchgetanzt haben), alle dem Namen nach immer noch bekannt, weil Strauß-Vater und Lanner dort aufgespielt haben. Und gewiß läßt sich nicht vergessen, daß Wien erst in dieser Zeit ein Zentrum der Industrie wurde und damit konsequenterweise auch ein potentieller Unruheherd. Aber sogar eine Statistik aus der Zeit weist nach, daß ein gewisser Stillstand eingetreten ist: Um 1800 lebten ca. 230.000 Menschen in Wien. Eine negative Geburtenbilanz aber zeigte an, daß eine große Zeit zu Ende ging, und die vielen Zuwanderer ab 1815 wurden schon zu ihrer Zeit als suspekt betrachtet, handelte es sich doch nicht mehr um Adelsfamilien samt

Anhang, sondern um „proletarische Elemente“. Die Revolution 1848 ist in unserem Zusammenhang erwähnenswert, weil sie viel über die Wiener Wesensart verrät: Wie später leider noch einmal in der Geschichte entpuppten sich die gemütlichen Wiener im Lauf der Ereignisse als besonders verrohte, grausame Geschöpfe. Und außerdem als erfolglos, denn 1851 war es mit der revolutionären Freiheit auch schon wieder vorüber. Und 1857 waren Wien und die Wiener so sehr „befriedet“, daß der junge Kaiser Franz Joseph per Dekret die Schleifung der Basteien anordnen und die allerletzte Veränderung Wiens initiieren konnte. Das Ringstraßen-Wien, wie wir es heute noch kennen, wurde auf allerhöchsten Befehl geschaffen. Von 1860 an wurde die Stadt noch einmal eine Baustelle, die Basteien waren gefallen, die Bauten entstanden, mit denen wir heute leben: Oper, Burgtheater, Parlament, Universität, Musikverein, Stadtpark. Ungezählte Ringstraßen-Palais werden zur gleichen Zeit errichtet wie in den Außenbezirken Zinskasernen, die beinahe ein Jahrhundert erhalten bleiben. Zur Weltausstellung 1873 baut Karl Hasenauer, einer der bedeutenden Ringstraßen-Baumeister, die Wiener Rotunde, ein monumentales Eisenbauwerk. Mit der Inbetriebnahme des Hochstrahlbrunnens feiert man die Fertigstellung der Hochquellenwasserleitung.
Gewiß, in unserem Jahrhundert entstehen schließlich im dann schon „Roten Wien“ zuerst ein Krematorium von Clemens Holzmeister, direkt an das ehemalige kaiserliche Renaissanceschloß „Neugebäude“ angefügt, und dann die großen Wohnbauten wie der Karl-Seitz-Hof, der Reumannhof und der Karl-Marx-Hof. Und im kleineren Maßstab werden Adolf Loos, Josef Hoffmann und andere Architekten, denen man heute Weltgeltung zugesteht, nicht nur von Privaten, sondern auch von der Stadtgemeinde beschäftigt. Aber alle diese Bauwerke formen kein neues Wien, sind nur mehr einzelne Zeugnisse dafür, daß in Wien weiterhin schöpferische Menschen leben.

Die Stadt, die wir heute betrachten, fotografieren, in immer neuen Sammlungen von alter Literatur und neuen Bildern festhalten, ist nicht mehr auf Expansion aus. Nicht mehr grundlegend zu verändern. Wo man um die Jahrhundertwende noch damit rechnete, um 1950 wenigstens 4,5 Millionen Einwohner zählen zu können, da ist die Entwicklung zu einer Metropole einerseits im schlimmen Sinn verhindert worden, da präsentiert sich andererseits Wien heute als eine europäische Großstadt im guten Sinn.
Wir sind in der Gegenwart:
Man kann über Wien und die Wiener nicht erzählen, wenn man nicht wenigstens einige knappe Anhaltspunkte geschaffen hat für große Ereignisse, die auf das Stadtbild wie auf die heutigen Bewohner ihren Einfluß gehabt haben.
Um den Wiener, der sich durch die Jahrhunderte erstaunlich und erschreckend wenig verändert hat, der ein Konglomerat aus vielen Rassen, Völkerschaften, glücklichen Mischungen und einigen unleugbar unglücklichen Eigenschaften ist, um diesen Wiener für die folgenden Betrachtungen zu animieren, will ich ihn mit Zitaten reizen. Über so gut wie jede Facette seiner Stadt haben bedeutende Literaten und Philosophen und Weltreisende und Journalisten geschrieben. Und viele von ihnen waren selbst Wiener oder hielten sich wenigstens lange Zeit in der Stadt auf, von der wir alle, die wir hier leben, geprägt sind.
Die Stadt hat sich also verändert. Aber: Wer an einem dunstig verhangenen Tag Wien von der Türmerstube des Doms von St. Stephan aus betrachtet, der muß wenig Phantasie haben, um auch die Beschreibung Adalbert Stifters aus einer 1844 erstmals erschienenen Sammlung zu verstehen:
„Der Teil zu unsern Füßen ist die eigentliche Stadt. Wir sehen sie wie eine Scheibe um unsern Turm herumliegen, ein Gewimmel und Geschiebe von Dächern, Giebeln, Schornsteinen, Türmen, ein Durcheinanderliegen von Prismen, Würfeln, Pyramiden, Parallelepipeden, Kuppeln, als sei all das in toller Kristallisation auseinandergeschossen und starre nun da so fort . . . Wie eine ungeheure Wabe von Bienen liegt sie unten, durchbrochen und gegittert allenthalben, und doch allenthalben zusammenhängend, nur die Gassen nach allen Richtungen sind wie hineingerissene Furchen und die Plätze wie ein Zurückweichen des Gedränges, wo man wieder Luft gewinnt . . . Dort, nur durch eine dünne Häuserschicht von uns getrennt, steht die schöne Kuppel St. Peters, von dieser Höhe erst sichtbar, wie weit sie die Häusermasse überragt — hinter ihr der freundliche Turm der Schottenabtei, links das schlanke Stift St. Michaels, dann die Augustiner, die Kapuziner und zwischen ihnen allen — selber eine kleine Stadt — die ehrwürdigen Gebäude der kaiserlichen Hofburg. Dann schwingt sich von Süd gegen Ost herum die Häusermasse des Kärntnerviertels, durchschnitten von dem sanften Bogen der Kärntnerstraße, der menschenwimmelnden — dort ragen die Franziskanertürme, weiter links die der Universität empor und dort gegen Nordwest — du kleines bescheidenes Türmchen! St. Ruprecht, ältestes der Stadt — und wieder links davon die zart durchbrochene Spitze von Maria am Gestade . . .“
Es ließe sich immer weiter zitieren, denn auch die Außenbezirke sind Stifter 1844 schon geläufig, er zählt bereits fünfunddreißig.
Hier nur so viel, daß alle die Kirchen immer noch in der Inneren Stadt stehen und sich der Anblick von oben erst verändert, wenn man über die Ringstraße, die einstigen Basteien also, hinaussieht: Da ist zwar der Bestand an Bauten zur Ringstraße selbst immer noch homogen und scheinbar wie auf den Luftbildern, die um die Jahrhundertwende gemalt wurden. Weiter draußen aber ragen als Zeugen des letzten großen Kriegs in diesem Jahrhundert Flaktürme, überdimensionierte und uneinnehmbare Bunker, deren Existenz nicht wegzuleugnen ist — man hat gottlob darauf verzichtet, sie besonders zu verhübschen, sie sind die Kriegsarchitektur unseres Jahrhunderts und werden es bleiben. Aber auch die großen Kasernen sind sozusagen neu, auch sie erin-

nern an eine kriegerische Zeit und daran, daß Franz Joseph Kaiser wurde, um die Revolution 1848 vergessen zu machen. Und schließlich sind die Zweckbauten der Gegenwart nicht wirklich zu übersehen, weder der Block des Allgemeinen Krankenhauses noch die Wohnsiedlungen, die Signaltürme rundum und — dies wiederum als freundliches Signal — das Riesenrad, das heute Wahrzeichen des Praters ist.
Wer sich jedoch die sogenannten schönen Seiten der Stadt vorweisen läßt, der muß daran erinnert werden, daß es immer und zu allen Zeiten auch die andere Seite der Medaille gegeben hat. Die Quartiere, in denen die Ziegelarbeiter hausten, die das Ringstraßen-Wien erbauten, waren von unbeschreiblicher Enge, die Zinskasernen hatten Ausmaße, die man sich selten vergegenwärtigt. Die Außenbezirke, in denen sich nicht wohlhabende Wiener mit ihren kleinen Villen oder Bürgerhäusern ansiedelten, waren (und sind) manchmal pittoresk, doch niemals präsentabel.
Erst in der Gegenwart hat man es verstanden, auch aus sehr altem Wiener Baubestand Häuser zu gewinnen, in denen es sich leben läßt: Das eine oder andere Viertel in der Inneren Stadt oder nächst den ehemaligen Hofreitstallungen (der Spittelberg) ist heute attraktiv, weil dort Häuser aus der Biedermeierzeit stehengeblieben sind — bis vor wenigen Jahren allerdings verbargen sich hinter den wohlproportionierten Fassaden Wohnungen in desolatem Zustand. Mit viel Geld und wohl auch, weil es Mode ist, hat man revitalisiert.
Unter uns aber leben noch genügend Wiener, die wissen, was eine Bassena-Wohnung ist, eine Wohnung nämlich, in der es kein fließendes Wasser gibt und man das Wasser von einer allgemein zugänglichen Gangwasserleitung, der Bassena, holen muß.
Und unter uns sind noch sehr viele Wiener, die genau wissen, daß auch der sogenannte Komfort in den Häusern des Ringstraßen-Wiens sehr relativ war. Immer noch staunt man, wie in der heute so genannten guten alten Zeit die Dienstboten eines großbürgerlichen Haushalts in engen, lichtlosen Kammern gehalten wurden und dabei noch zu danken hatten, daß man ihnen wenigstens ein Dach überm Kopf bot.
Diese Zustände herrschten auch noch 1920, damals schrieb Alfred Polgar: „Die Berichte von Wiens Elend sind wahr. Die Berichte von Wiens Wohlbehagen sind auch wahr. Der Berichterstatter muß nur definieren, was er meint, wenn er Wien sagt. Im Mittelteil der Stadt, vom Polygon der Ringstraße begrenzt, lebt das Wien, das lebt; das saftige Wien, die Stadt, deren Name, richtig ausgesprochen, wie geschmunzelt klingen muß. Rundherum, grau und grämlich, lebt das Wien, das vegetiert, das vertrocknete Wien, die Stadt, deren Namen mit dem Tonfall gesprochen werden muß, mit dem ihn der Schaffner einer Danteschen Unterwelt-Vicinalbahn als Station ausriefe. Dem zweierlei ökonomischen Klima der beiden Wien gemäß ist auch das geistige Leben dort und hier ein grundverschiedenes.“ Freilich, zu dieser Zeit lebte auch Karl Kraus, den zwar nichts je aus Wien vertrieben hätte, der aber mit seinem zu Stil gesteigerten Haß schrieb: „Wien hat eine schöne Umgebung, in die Beethoven öfter geflüchtet ist.“
Das Karl Kraus-Zitat bringt uns zu der Unzahl an Gedenkstätten, die ein Wiener kennen sollte, um sie Wienbesuchern zeigen zu können. Da in Wien über Jahrhunderte hinweg nicht nur berühmte Wiener, sondern vor allem berühmt gewordene „Zugereiste“, also Leute, die nicht in Wien geboren worden waren, lebten, ist vor lauter Gedenktafeln kaum noch Platz an den Häuserfassaden. Tatsächlich hatte Ludwig van Beethoven als ein unsteter Mensch weit über vierzig Wohnungen in Wien und der näheren Umgebung. Selbstverständlich zog Mozart oft um. Selbstverständlich lebte Schubert nicht nur in seinem Vaterhaus. Nimmt man zu Großmeistern dieses Kalibers die Musiker der ersten und zweiten Garnitur, bedenkt man, daß an „Persönlichkeiten des politischen Lebens“ noch in unserem Jahrhundert zugleich Lenin, Stalin und der junge Hitler in Wien waren, nimmt man die Dichter und die Wissenschaftler, die zu bestimmten Zeiten Wien zum Mekka einer Medizinischen Schule oder zu einer Dependance des Prager Dichterkreises gemacht haben — dann begreift man schon, daß diese vielen Gedenkstätten den Humus ausmachen, auf dem wir wenigstens ein gutes Andenken an die Kultur der Stadt wachsen lassen wollen.
Bei den Gedenkstätten handelt es sich aber nicht nur einfach um Wohnstätten großer Geister.
Durch Wien kann man auch tagelang streifen, um Gebäude zu entdecken, in denen etwas Weltbewegendes geschehen ist. Und dabei auf die Hofburg und Schönbrunn, die Zentren einstiger Macht, durchaus noch vergessen. Man kann das kleine Zimmer betreten, in dem Beethoven sein Heiligenstädter Testament geschrieben hat. Man kann in der Hofburgkapelle die akustischen Verhältnisse nachprüfen, unter denen der junge Franz Schubert Messen gesungen hat. Man kann vor allem im großen Saal des Musikvereinsgebäudes hören, wie ein Symphonieorchester klingt: Und dabei nicht nur den „goldenen Saal“ erstaunt betrachten, sondern begreifen, daß alle bedeutenden Komponisten seit Johannes Brahms und bis zu den Musikern der Gegenwart das Klangideal im Ohr hatten, das wir immer noch hören.
Dank der „Eingemeindung“ der einstigen Vorstädte kann man noch zwei ehemalige Vorstadttheater in vollem Glanz erleben: Im Theater an der Wien, wie man es heute besucht, ist „Fidelio“ zum ersten Mal aufgeführt worden und sehr viel später auch die „Lustige Witwe“. Zuschauerraum und Dimensionen sind immer noch beinahe dieselben wie um die Jahrhundertwende. Im Theater in der Josefstadt muß man sich die Abende, an denen Ferdinand Raimund auf der Bühne stand, vorstellen: Max Reinhardt hat das Theater umgebaut und zu einem Juwel gemacht, zu einer Ansammlung von Kunstwerken, die er aus aller Welt importierte, um seine Idee eines Kammertheaters zu verwirk-

lichen. In diesen beiden Häusern und in vielen noch vorhandenen Musiksälen in Wiener Palais ist das Geheimnis der Akustik ungelöst: Experten erklären uns, es habe mit der Raumaufteilung, mit dem Baumaterial zu tun, die Meister der Imitation aber haben nirgendwo auf der Welt erreicht, aus gutem Material und mit den Wiener Dimensionen eine wienerische Akustik entstehen zu lassen. „Wie eine Geige" klinge, so meinen Theaterbesucher, das Theater in der Josefstadt. Jahrzehntelang lagert man Holz, um das Podium des Musikvereinssaales ausbessern zu können. Handwerksberufe, die man als ausgestorben meldet, gibt es vereinzelt immer noch.

Und noch ein Aspekt ist hier anzuschneiden: Ist Wien eine „grüne" Stadt? Wenn auch einzelne Wiener Gemeindebezirke um jeden Baum ringen und immer wieder laut werden lassen, es sei für sie eine Zukunftsaufgabe, endlich Grün in die Stadt zu bringen — allen Sünden der vergangenen Jahrzehnte zum Trotz hat sich die Großstadt Wien Gärten und Parkanlagen und vor allem die unmittelbaren Hinweise auf die grüne Umgebung nicht nehmen lassen. Die Bäume an der Ringstraße, die Anlagen wie der Stadtpark, der Kaisergarten, der Volksgarten, der Rathauspark gehören zu den Gegenden, in denen der Wiener spazierengeht. Überall spürt man, man muß dabei nicht einmal Musil oder Doderer zitieren, den nahen Wienerwald. Und wendet man sich in andere Himmelsrichtungen, dann ist man rasch durch den II. Bezirk hindurch im Prater, in einer knappen halben Stunde Straßenbahnfahrt in der Gegend des herben Weins um den Bisamberg oder mit einer „Elektrischen" in einer Kurstadt wie Baden bei Wien, wo man wieder ein Beethovenhaus findet und ein Kaiserhaus und Villen, in denen „Die Fledermaus" von Johann Strauß wirklich stattgefunden haben könnte.

Und bei dieser Aufzählung fehlen noch immer Anlagen wie der Liechtensteinpark, der Augarten, der Türkenschanzpark, der Schwarzenbergpark und auch der Lainzer Tiergarten.

In vielen „Altwiener Höfen" stehen noch alte Bäume. In den Außenbezirken gibt es zahlreiche Gasthausgärten. In unserer unmittelbaren Gegenwart entstehen hier und da an der Stelle von abgebrochenen Häusern kleine, neue Parkanlagen, die Grünoasen darstellen und auch sofort frequentiert werden.

Man muß nur einen kleinen Spaziergang machen, um aus dem Schatten der Hofburg und der umliegenden Palais in Gegenden zu kommen, in denen das Gras zwischen den Pflastersteinen wächst, und man muß nur einmal langsam entlang des Wien-Flusses stadtauswärts fahren, dann entdeckt man blasses Grün unmittelbar am Rande einer Ausfallstraße. In Wien ist die Natur nicht umzubringen. Deshalb ist auch ein Haus, das von einem zeitgenössischen Maler erbaut wurde und das in all seiner Unregelmäßigkeit Natur symbolisieren soll — das Hundertwasser-Haus —, nur Attraktion für ausländische Besucher. Unregelmäßigkeit ist für den Wiener ganz selbstverständlich.

Als „echter Wiener" hat man nicht zu loben. Man hat darauf hinzuweisen, daß sich das beschauliche Dorf Grinzing in eine Ansammlung von Heurigenstationen um Busparkplätze verwandelt hat. Man hat zu bedauern, daß die Menschenmengen, die täglich durch Schloß Schönbrunn geschleust werden, weder Zeit noch Sinn für einen Abstecher auf die Gloriette haben. Man hat auf die „Neubauten" hinzuweisen, die alte Straßenensembles empfindlich stören, oft ein für allemal aus dem Gleichgewicht gebracht haben. Man hat die Fassaden der wenigen Hotels oder Amtsgebäude entlang der Ringstraße anzuklagen und gleichzeitig deutlich zu sagen, es wäre undenkbar, einfach maßstabgetreue Kopien der zerstörten Ringstraßenpalais zu errichten.

Welcher Wiener darf anders von seiner Stadt reden? Darf behaupten, daß ein morgendlicher Spaziergang über den Ring immer noch unvergleichlich ist? Darf erklären, daß im lebendigen Wienerwald Kinder und Spaziergänger Erholung finden wie zu Zeiten Beethovens? Wagt daran zu erinnern, daß man in Wien nur an einigen verplanten Straßenzügen, nicht aber überall in der Stadt vom Verkehr vertrieben ist, daß ganze Viertel begehbar und erlebbar geworden sind und das erst wieder in unserem Jahrzehnt?

Es gibt Bausünden. Aber es gibt auch Bauten von vollendeter Schönheit. Es gibt zwei häßliche Bahnhöfe, aber man hat große Teile der einstigen „Stadtbahn" Otto Wagners gerettet. Es gibt kurze unterirdische Ladenpassagen wie anderswo auch, aber einige Versuche, Interieurs von Loos zu retten oder sogar wiederherzustellen, sind gelungen.

Es gibt den Ausländerhaß. Aber das Wiener Telefonbuch weist nach, daß immer noch zahlreiche Wiener ihre „Wurzeln", die im Südosten Europas liegen, nicht verleugnen können. Es gibt Provinzialität. Aber die Herrlichkeit des Josefsplatzes nimmt es mit allen anderen europäischen Wunderwerken auf. Es gibt Massenware. Aber die Möbel der Firma Thonet und die aus der „Wiener Werkstätte" werden wieder erzeugt und geschätzt.

Ein vollständiges Bild dieser Stadt, die bis zur Jahrhundertwende wuchs und wuchs und die die kommende Jahrhundertwende gottlob in ungefähr den Dimensionen von 1900 erleben wird, kann kein noch so umfangreiches Buch vermitteln.

„Und doch beneide ich die Stadt in ihrer Machtlosigkeit um die gelassene Unambitioniertheit. Die Architektur Wiens ist jetzt notwendigerweise eine solche um der Architektur willen; denn es ist niemand mehr da, den sie mit ihrer Macht beeindrucken könnte . . ., und daher scheint Wien heute eine menschlichere Stadt zu sein, als sie es wahrscheinlich jemals in ihrer vielgerühmten Blütezeit war. Als New Yorker fällt es mir schwer, stillzusitzen und einfach zu schauen, aber in Wien scheint dies eine geringere Sünde zu sein als irgendwo anders." Arthur Miller schrieb dies 1981.

„Mögen doch andere jetzt dich pilgernd verlassen — ich bleibe: Liegt das Gute so nah, wünsch' ich mir Besseres nicht!" dichtete Ferdinand von Saar 1893 und meinte WIEN.

I.
INNERE STADT

Die ca. 300 ha große und von etwa 18.000 Menschen bewohnte Innenstadt, vom ehemaligen Donauhauptstrom (Donaukanal) im Norden und von der den Stadtkern hufeisenförmig umschließenden Ringstraße begrenzt, entspricht dem Gebiet der mittelalterlichen, bis 1858 befestigten Stadt. Nach Auflassung und Abbruch der Bastionen — lediglich Teile der Mölker-, Augustiner-, Coburg- und Dominikanerbastei sind erhalten geblieben — entstand während der zweiten Hälfte des 19. Jahrhunderts mit der Anlage der Ringstraße ein den Stadtkern umziehender Kranz monumentaler öffentlicher Repräsentationsarchitekturen, welcher als einzigartiges Ensemble das Selbstverständnis der vom aufstrebenden Bürgertum getragenen Gründerzeit dokumentiert und gleichzeitig durch die Aufhebung der physischen Trennung zwischen Innenstadt und Vorstädten die urbane Struktur Wiens entscheidend veränderte.

Bereits im 1. Jahrhundert nach Christus entstand — in strategisch günstiger Position am Eintritt der Donau in das Wiener Becken — im Bereich des heutigen 1. Bezirks ein römisches Hilfstruppenlager, das ab etwa 100 nach Christus im Zuge der Limes-Verstärkung zu einem steinernen Lager ausgebaut wurde. Vindobona, der Stützpunkt der X. und XIV. Legion, war durch 2–3 m starke Mauern und Erdwälle befestigt. Der Verlauf der römischen Lagermauern läßt sich im Straßengefüge der Innenstadt bis heute gut nachvollziehen. Die Südflanke war durch die Mauer entlang der Rot- und Kramergasse gedeckt; an der Kreuzung mit der Ertlgasse lag die Porta principalis dextra. Im Südwesten verlief die Mauer entlang des Grabens und der Naglergasse; die Porta decumana, das Tor an der Kreuzung mit den Tuchlauben, lebte in einem mittelalterlichen Nachfolger, dem Peilertor, bis 1731/32 weiter. Die Westmauer folgte dem Tiefen Graben; hier lag die Porta principalis sinistra an der Kreuzung Tiefer Graben/Wipplingerstraße. Bis 1421 gelangte man über diese Stelle in das um den Judenplatz gelegene Getto. Die Nordflanke des annähernd quadratischen Lagerplatzes war durch den Steilabfall zur Donau (Donaukanal) gesichert. Unter dem Haus Hoher Markt 3 haben sich Teile römischer Offiziersbauten erhalten; Am Hof 9 konnten Teile eines Kanals nachgewiesen werden. Brände, Zerstörungen und die Verwüstungen der Völkerwanderungszeit führten zur Verödung des Lagers. Weite Teile seiner Mauern blieben jedoch bis ins Hochmittelalter bestehen. Eine Restsiedlung erhielt sich um den sogenannten Berghof im Bereich Sterngasse / Judengasse / Hoher Markt / Marc-Aurel-Straße, wo in der nordöstlichen Ecke des römischen Kastells ein auf römischen Mauern errichteter Baukomplex die Siedlungskontinuität sichern konnte. Unweit des Berghofs liegt die einer Überlieferung zufolge ins 8. Jahrhundert zurückreichende Ruprechtskirche, deren Patrozinium — ebenso wie jenes der schon vor 1137 als Pfarrkirche fungierenden Peterskirche — auf eine Präsenz des Salzburger Bistums vor der Einflußnahme der Passauer Bischöfe in Wien ab dem 9. Jahrhundert verweist. Beiderseits der Judengasse, deren Abschnitt vor der Ruprechtskirche im Hochmittelalter Kienmarkt hieß, entwickelte sich im 8. und 9. Jahrhundert eine Siedlung, die im Süden bis zum Hohen Markt, im Westen bis zur Marc-Aurel-Straße reichte. An der Einmündung der Seitenstettengasse in den Rabensteig war das Katzensteigtor, das bis 1825 bestand, in die römische Mauer gebrochen worden. Noch im 9. Jahrhundert erweiterte sich die Siedlung entlang der Tuchlauben; durch die Anlage der Kühfußgasse als Verbindung zur Peterskirche entstand der Witmarkt genannte Dreiecksplatz, der als Markt- und Gerichtsplatz fungierte. Wohl im

11./12. Jahrhundert entstand eine kleine Siedlung um einen Burgstall bei Maria am Gestade, und mit der Bildung eines Angerdorfs an Bäckerstraße und Sonnenfelsgasse wuchs die mittelalterliche Siedlung erstmals über die römischen Lagermauern hinaus. Um 1130 wurden die Babenberger Stadtherren von Wien; 1137 wird Wien erstmals als „civitas" bezeichnet. Ebenfalls ab 1137 entstand — vielleicht als Zeichen der Präsenz des Passauer Bistums an die Adresse der neuen Landesherren — außerhalb der Mauern die neue Pfarrkirche St. Stephan, um die sich in der Folge eine weitere Siedlung entwickelte.
1156 wurde Österreich zum Herzogtum erhoben; gleichzeitig verlegte Heinrich II. Jasomirgott die Residenz von Klosterneuburg nach Wien und begann mit einem großzügigen Ausbau der Stadt, der sich insbesondere in der Errichtung einer Burg Am Hof und in der Erbauung des nahegelegenen, vom Herzog selbst gestifteten Schottenklosters manifestierte. Im letzten Viertel des 12. Jahrhunderts folgte die Besiedelung des Gebietes östlich des Grabens zwischen Spiegelgasse und Kohlmarkt.
Die babenbergische Stadtmauer folgte um 1200 ungefähr der Linie Stubentor — Stubenbastei — Seilerstätte — Kärntner Tor — Augustinerbastei — Widmertor (Burgtor beim Schweizerhof) — Leopoldinischer Trakt — Mölker Bastei — Schottentor — Schottenbastei — Concordiaplatz — Salzgries — Rotes Tor (Rotenturmstraße) — Kai — Dominikanerbastei — zurück zum Stubentor. Das in babenbergischer Zeit befestigte Gebiet deckte sich also nahezu vollständig mit dem Bereich der heutigen Innenstadt. Lediglich der nordwestliche Zwickel des I. Bezirks — das Rudolfsplatzviertel, bis heute durch den Geländeabfall zum Fluß von der Stadtterrasse getrennt und mit gründerzeitlichen Mietshäusern verbaut — blieb ausgeschieden.
Der Aufschwung der hochmittelalterlichen Stadt wird durch die Verleihung eines ersten Stadtrechts 1221 belegt. Bis zur Mitte des 13. Jahrhunderts erfolgte die Anlage des Hohen Marktes, der ab 1325 Gerichtsplatz war, des Judenplatzes, der mit Synagoge und Schule bis zum Pogrom von 1421 das Zentrum des Gettos bildete, und die Anlage des Neuen Markts (Mehlmarkts); die Kärntner Straße ist seit 1257 namentlich faßbar. Damit war das Gebiet innerhalb des babenbergischen Mauerrings um die Mitte des 13. Jahrhunderts baulich ausgefüllt. Problematisch ist die frühe Geschichte der Hofburg, die erst 1279 urkundlich faßbar ist, aber vielleicht schon auf das erste Drittel des 13. Jahrhunderts zurückgeht. Die alte Vierflügelanlage hat sich im Schweizerhof erhalten.
In die Mitte des 13. Jahrhunderts fällt auch der Ausbau des Stephansdoms unter Friedrich II. dem Streitbaren und Ottokar Přemysl; vom ersten Bau wurden nur die Westtürme übernommen.
1276 wurde Wien zur Residenz der Habsburger. Höhepunkt einer nun folgenden weiteren Bauwelle war der 1304 begonnene Chorbau von St. Stephan, dessen unter Albrecht I. und II. errichteter Dreiapsidenschluß — für Pfarre, Kapitel und Grablege vorgesehen — den Tendenzen zur Errichtung eines selbständigen Bischofssitzes in Wien sichtbaren Ausdruck verlieh. Mit dem Ausbau von Südturm und Langhaus und der Übertragung eines von ihm in der Hofburg gestifteten Kapitels nach St. Stephan unternahm Rudolf IV. der Stifter weitere Schritte in diese Richtung, deren Ziel erst 1469 durch Kaiser Friedrich III. erreicht werden konnte.
Bereits seit 1200 hatten sich zahlreiche Orden in Wien niedergelassen. Dem Deutschen Ritterorden (um 1198) folgten die Johanniter, 1226 die Dominikaner, um 1230 die Minoriten, um 1330 die Augustiner; 1365 gründete Rudolf IV. die Wiener Universität.
Nach einer letzten Blüte unter Kaiser Ferdinand III. verhinderten in den folgenden Jahrhunderten politische Spannungen, die ungünstige Wirtschaftslage, aber auch Türkennot und Glaubenskämpfe die Durchführung großangelegter Bauvorhaben. Nach der Türkenbelagerung von 1529 waren die Erneuerung und der Ausbau der Befestigung nötig geworden. Mit dem Bau der Jesuitenkirche und dem Umbau des Akademischen Kollegs sowie der Errichtung der Franziskanerkirche, dem Umbau des Schottenklosters und der Erbauung der Dominikanerkirche wurden punktuelle Akzente gesetzt. Mit dem schrittweisen Ausbau der Hofburg entstand durch die Errichtung des Leopoldinischen Trakts (1600–1666 und nach Brand 1668–1681) zwischen Schweizerhof und Amalienburg (16. Jahrhundert) der repräsentative Innere Burghof. Ab 1638 folgte der Ausbau des Erzbischöflichen Palais.
Erst nach Abwehr der Türken 1683 setzte ein Bauwelle ein, die Innenstadt und Vorstädte gleicherweise erfaßte. In rascher Folge entstanden zahlreiche Paläste (Lobkowitz ab 1685, Harrach ab 1690, Batthyány-Schönborn ab 1699, Palais Prinz Eugen ab 1695, die Böhmische Hofkanzlei ab 1708, Palais Kinsky ab 1713); Johann Lucas von Hildebrandt errichtete den Neubau der Peterskirche, und der Ausbau der Hofburg schritt mit der Erbauung der Hofbibliothek sowie der Reichskanzlei ab 1723 und der Winterreitschule mit dem Michaelertrakt ab 1729 zügig voran, sodaß das Bauvolumen des Innenstadtbereichs bald nahezu völlig ausgeschöpft war.
In der Folge entstanden nur mehr einzelne Neubauten im I. Bezirk. Das Josefsplatz-Ensemble war 1810 mit der Fertigstellung des Palais Palffy vollendet; im zweiten Viertel des 19. Jahrhunderts baute Joseph Kornhäusel die Synagoge, den Schottenhof und den Seitenstettenhof, die — als große Wohnhöfe — eine Art Vorläufer der Großwohnblöcke des 20. Jahrhunderts darstellen. Inzwischen hatte sich die expandierende Bautätigkeit des ausgehenden 18. und beginnenden 19. Jahrhunderts längst auf die noch freien Flächen der Vorstädte verlagert, deren Trennung vom Stadtzentrum durch die Schleifung der Basteien ab 1858 aufgehoben wurde. Eine weitere, in Wiens Geschichte bisher beispiellose Bauwelle setzte mit der Gründerzeit ein; in den Jahren bis zum Ersten Weltkrieg vollzog Wien die Entwicklung zur europäischen Großstadt.

Theophil von Hansens Parlament *(oben)* und das von Friedrich von Schmidt erbaute Rathaus *(unten)* – zwei monumentale Akzente an der Ringstraße.

Oben: Kunsthistorisches und Naturhistorisches Museum flankieren das Maria-Theresien-Denkmal.
Unten: Zwei alte Bürgerhäuser am Platz vor der Kirche Maria am Gestade.

Oben: Entsprechend der Wagner-Schule bestimmen klare Linien und ausgesuchtes Material die Interieurs im Zacherlhaus. *Rechts:* Das Zacherlhaus wurde auf der Brandstätte 1903–05 von Josef Plečnik erbaut. Die Reliefs entwarf Franz Metzner.

Oben: Anton Pilgrams um 1500 entstandene Kanzel im Stephansdom ist ein Hauptwerk der Wiener Spätgotik.
Links: Der hochgotische Dreiapsidenschluß des Chores von St. Stephan mit dem unvollendeten Nordturm.

Oben: Der Graben, ein repräsentativer Straßenplatz in zentraler Lage. Die Pestsäule ist eine Stiftung Leopolds I.
Links oben: Ein Höhepunkt historischer Theaterarchitektur ist das 1874–1888 von Gottfried Semper und Carl Hasenauer erbaute Burgtheater.
Links: Die neue Hofburg beherbergt heute die Nationalbibliothek, das Völkerkundemuseum und Sammlungen des Kunsthistorischen Museums.
Rechts oben: Das ehemalige Bürgerliche Zeughaus am Hof, 1731/32 von Anton Ospel umgebaut.
Rechts: Die 1861–1869 von August von Sicardsburg und Eduard van der Nüll errichtete Oper ist Höhepunkt und Ausklang des Wiener Frühhistorismus.

Oben: Eine dynamisch anmutende „Goldader" bricht die glatte, klar begrenzte Front von Hans Holleins Geschäftsportal für einen Juwelier am Graben auf (1972–1974).

Rechts: Materialvielfalt und -verfremdung, Assoziatives und Ironisches verbinden sich in Hans Holleins Geschäftsportal für einen Juwelier am Kohlmarkt (1981/82).

Unten: Ein von Boris Podrecca 1985 gestaltetes Interieur.

Oben: Klare Formgebung und knappe Linienführung beherrschen auch die Detailgestaltung Otto Wagners.

Links: Der dreischiffige, glasüberdachte Kassensaal der 1904–1906 von Otto Wagner errichteten Postsparkasse ist ein frühes Hauptwerk des Funktionalismus.

Unten: Materialtreue statt Ornament, Präzision statt Dekoration in Adolf Loos' 1910 erbautem Haus am Michaelerplatz.

Oben: Parlament, Rathaus und Votivkirche; drei Aspekte eines städtebaulichen Hauptwerks von europäischem Rang, der Ringstraße.
Links oben: Die Naglergasse zeichnet die südwestliche Begrenzung des Römerlagers im Stadtgrundriß nach.
Links: Das Denkmal für die Opfer des Faschismus auf dem Albertinaplatz.
Rechts oben: „Der Zeit ihre Kunst, der Kunst ihre Freiheit" ist der Wahlspruch der 1897 gegründeten Secession, deren Ausstellungsgebäude Joseph Olbrich 1897/98 errichtete.
Rechts: Die 1823–1826 errichteten Gewächshäuser im Burggarten wurden um 1900 von Friedrich Ohmann erneuert.

II.
LEOPOLDSTADT

Der von zahlreichen Wasserarmen durchzogene Untere Werd war lange wegen der ständig drohenden Hochwassergefahr dünn besiedelt. Die 1364 auf Höhe der Schwedenbrücke errichtete Schlagbrücke vor dem Roten Turm sollte bis 1775 die einzige Verbindung zwischen Innerer Stadt und Leopoldstadt bleiben. Am Rand der ausgedehnten Auen war 1569 mit der Jägerzeile (heute Praterstraße / Czerningasse) eine für die Jäger Kaiser Maximilians II. bestimmte Siedlung angelegt worden.
Mit der Gründung des Spitals der Barmherzigen Brüder 1614 und des Karmeliterklosters 1623 entstand ein weiterer Siedlungsschwerpunkt am unteren Lauf der als Fernverkehrsverbindung nach Prag und Brünn bedeutenden Taborstraße. Die aus dem Getto in der Stadt vertriebenen Juden wurden 1625 um die Große Pfarrgasse und die Große Sperlgasse angesiedelt. Bereits unter Kaiser Leopold I. wurden sie neuerlich ausgewiesen; die Vorstadt gelangte in den Besitz der Stadt, an Stelle der Synagoge wurde die Leopoldskirche erbaut. Das Gebiet hieß von dieser Zeit an Leopoldstadt. Dennoch sollte hier Jahrhunderte später, vor allem nach Zuwanderung von Ostjuden aus den Kronländern, wieder eine jüdische Kultur entstehen, der ab 1938 neuerlich ein brutales Ende gesetzt wurde. Während des Novemberpogroms 1938 wurden alle Wiener Synagogen — ausgenommen der Tempel in der Seitenstettengasse — zerstört; von der Synagoge in der Tempelgasse ist nur der Rest eines Nebengebäudes erhalten.
Ebenfalls im 17. Jahrhundert wurde das kaiserliche Jagdschloß Favorita im Gebiet der sogenannten Wolfsau für Kaiser Ferdinand III. errichtet. Weitere Grundankäufe und die Bautätigkeit des 18. Jahrhunderts ließen den ausgedehnten Augarten-Komplex entstehen. Nach der Bannung der Türkengefahr 1683 entstanden weitere adelige Gartenpaläste in der Leopoldstadt, von denen nur das Palais Grassalkovich gegenüber dem Augarten erhalten geblieben ist.

Der Prater, ein ausgedehntes Augebiet zwischen Donau und Donaukanal, wurde möglicherweise bereits im 12. Jahrhundert urkundlich erwähnt und im 17. Jahrhundert zum kaiserlichen Jagdrevier erklärt. Kaiser Joseph II. machte 1766 den Prater und 1775 den Augarten der Öffentlichkeit zugänglich; unmittelbar danach siedelten sich im Prater Schenken, Gasthäuser und Vergnügungsbetriebe an.
Ein wichtiges städtebauliches Konzept wurde um den Praterstern verwirklicht. In der josephinischen Ära entstand durch die Anlage der Heinestraße eine Axialverbindung zwischen Augarten und Prater; die Hauptallee mit dem an ihrem Ende als Blickfang errichteten Lusthaus war bereits im 16. Jahrhundert vorgebildet. Im Schnittpunkt mit der ebenfalls auf das 16. Jahrhundert zurückgehenden, auf den Stephansdom ausgerichteten Achse der Praterstraße entstand der Praterstern.
Nach der Ansiedlung zahlreicher Betriebe und Fabriken verdichtete sich die Besiedlung der Leopoldstadt im 19. Jahrhundert; bald prägten Massenzinshäuser und Elendsquartiere weite Teile des Bezirks. 1850 wurde die Leopoldstadt nach Wien eingemeindet. Im Zuge der Donauregulierung von 1870–1875 wurde die Hochwassergefahr gebannt und 1872–1875 die Reichsbrücke erbaut (Neubau 1934–1937 und ab 1978 nach dem Einsturz). Die Weltausstellung 1873 im Bereich des heutigen Messegeländes rückte Wien in den Mittelpunkt des internationalen Interesses. Von den Bauten der Weltausstellung sind die Bildhauerateliers in der Krieau und der Konstantinhügel erhalten. Weite Grünflächen, von Sportanlagen und Rennplätzen durchsetzt, machen den Prater auch heute noch zu einem wichtigen Naherholungsgebiet. Heute leben im II. Bezirk etwa 92.200 Menschen auf einer Fläche von ca. 1.927 ha.

Oben: Der Donaukanal, vor der Regulierung schiffbarer Hauptarm der Donau, trennt die Innere Stadt von der Leopoldstadt.
Links: Der Wurstelprater liegt am nordwestlichen Rand eines ausgedehnten Auwaldgebiets.
Unten: Die schnurgerade Prater Hauptallee endet an dem 1782 von Isidor Canevale umgebauten Lusthaus.

Oben: Mit dem Einsturz der alten Reichsbrücke ging 1976 ein Wiener Wahrzeichen verloren. Der nüchtern-funktionelle Neubau wurde 1980 vollendet.
Links: Pensionsversicherunganstalt der Angestellten; viele Neubauten entstanden in letzter Zeit am Donauufer.
Unten: Der Friedens-Stupa an der Donau, in Anlehnung an traditionelle buddhistische Architekturformen errichtet.

III.
LANDSTRASSE

Die Landstraße wurde 1850 zusammen mit den anderen innerhalb des Linienwalls gelegenen Bezirken nach Wien eingemeindet. Heute leben hier etwa 84.000 Menschen auf einer Fläche von ca. 740 ha. Der III. Bezirk entwickelte sich entlang der seit der Römerzeit für den Verkehr nach Osten bedeutenden Landstraßer Hauptstraße. Unweit des Rennwegs, der dem Verlauf der römischen Munizipalstraße folgt, lag im Gebiet des heutigen Fasanviertels die römische Zivilstadt.

Der mittelalterliche Kern der Landstraße, die nach einem zerstörten Kloster benannte St. Niklas-Vorstadt, befand sich auf dem heutigen Vorplatz der Rochuskirche und reichte stadtseitig bis zur Beatrixgasse. Noch um 1800 wurde durch die Anlage des Gemeindeplatzes (heute Karl-Borromäus-Platz) die alte Funktion des Gebiets als lokales Zentrum betont. Erdberg, ein urkundlich 1192 erwähntes Dorf am Steilufer der Donau, konnte seinen ländlichen Charakter bis ins 20. Jahrhundert bewahren. Die Erdberger Pfarrkirche geht auf einen Vorgängerbau aus dem 13. Jahrhundert zurück. In St. Marx lag an der Kreuzung von Landstraße und Rennweg bereits 1370 ein Hospiz.

Nach dem Sieg über die Türken in der Schlacht am Kahlenberg 1683 entfaltete sich in den unbefestigten Vorstädten eine rege Bautätigkeit. Die ab 1642 erbaute, während der Belagerung beschädigte Rochuskirche wurde wiederhergestellt; entlang der unteren Landstraße, am Rennweg und an der Ungargasse entstanden weitläufige barocke Anlagen mit ausgedehnten Gärten. Neben dem Palais Mansfeld-Fondi von 1697–1704 (heute Palais Schwarzenberg) errichtete Johann Lucas von Hildebrandt für Prinz Eugen von Savoyen ab 1714 eines der Hauptwerke des österreichischen Hochbarock: das Belvedere, eine der schönsten Schloßanlagen Europas. Der nahegelegene Komplex des Salesianerinnenklosters geht auf eine Stiftung der Kaiserin Wilhelmine Amalie zurück. Die Gärten dieser Anlage bilden zusammen mit dem an der Jacquingasse gelegenen Botanischen Garten eine bis heute erhaltene ausgedehnte Grünfläche. Auf den unverbauten Gründen zwischen Rennweg und Landstraßer Hauptstraße entstand ab der Mitte des 18. Jahrhunderts das Waisenhaus (heute Rennwegkaserne), eine weitläufige, mehrhöfige Anlage mit der spätbarocken Waisenhauskirche.

An der unteren Landstraße wurde ab 1710 das Elisabethinenkloster erbaut. An der Ungargasse entstand das Harrachsche Gartenpalais, von dem nur die Januariuskapelle erhalten geblieben ist. Der Arenbergpark ist der ehemalige Garten des Palais Esterházy, das an der Landstraße lag.

Zahlreiche barocke Sommersitze verschwanden durch die Neuerschließungen und Parzellierungen des 19. Jahrhunderts. Die neuerliche Bauwelle, die mit der Zeit um 1800 einsetzte, brachte neben der Erbauung des Wiener Neustädter Kanals (heute Schnellbahn) auch die Errichtung der Tierärztlichen Hochschule (ab 1821). Eine Kette repräsentativer Bauten des Vormärz akzentuiert die stadtseitige Front der Vorstadt entlang des heutigen Heumarkts. Auf das ab 1835 erbaute Hauptmünzamt, eines der typischen Beispiele für die sogenannte Hofbauamts-Architektur der ersten Hälfte des 19. Jahrhunderts, folgen einige vormärzliche Zinshäuser mit tiefen Höfen sowie (Nr. 15–25) eine einheitliche Front von Zinshäusern der Jahrhundertmitte.

Auch das Gebiet um die Traungasse, Salesianergasse, Marokkanergasse und Beatrixgasse wurde neu erschlossen und verbaut. Das Traunsche Haus (Traungasse 1, 1837/38) ist ein typischer Vertreter des Wiener Wohnbaus im Vormärz. Gleichzeitig folgten die Verbauung des Viertels um den Paulusplatz,

um das Rasumofsky-Palais und um die Juch- und Barichgasse sowie die Verbauung der Weißgerbervorstadt.
Nahe der 1846 errichteten Ostbahnterrasse wurde 1849–1856 das Arsenal erbaut. Als Reaktion auf die Märzrevolution von 1848 entstand ein weitläufiger Baukomplex, der nicht nur als Waffen- und Munitionsdepot, Kaserne, Verwaltungsbau und Museum dienen sollte, sondern aufgrund seiner erhöhten Lage in strategisch günstiger Position auch verteidigungsfähig war. Nach Entwürfen von Förster, Hansen, Sicardsburg, van der Nüll und Rösner entstand hier ein Hauptwerk des Romantischen Historismus. Nach 1860 folgte die Erschließung der Erdberger Lände und die Verbauung des sogenannten Diplomatenviertels durch gründerzeitliche Palais und palaisartige Wohnhäuser. An der Aspangbahn entstand das Fasanviertel.
Nach der Zweiten Stadterweiterung wurden die restlichen noch bestehenden Baulücken durch die Anlegung großbürgerlicher Wohnviertel um den Rudolf-von-Alt-Platz, den Esteplatz und den Dannebergplatz geschlossen. Das Dannebergviertel mit der Dapontegasse ist ein typisches Beispiel der Wohnhausarchitektur des ausgehenden Historismus: Erker, Balkons und Loggien erzeugen ein bewegtes Fassadenrelief, während Giebel, Hauben und Dachaufsätze die Dachsilhouette akzentuieren; die Ausstattung der Kommunikationsräume ist zurückhaltend, aber gediegen.
Die Jahrhundertwende brachte mit der Einwölbung und dem Ausbau des Wienflusses neue städtebauliche Veränderungen. Das Wienflußufer im Bereich des 1862 eröffneten Stadtparks wurde von Friedrich Ohmann und Josef Hackhofer in vom westeuropäischen Jugendstil inspirierten Formen gestaltet. Während der Zwischenkriegszeit konnten mit der Erbauung gemeindeeigener Wohnhausanlagen im südöstlichen Bezirksteil weitere städtebauliche Akzente gesetzt werden. Besonders auffallend ist die Anlage des ab 1925 von Schmid und Aichinger errichteten Rabenhofs, welcher Hof- und Straßenrandbebauung mit einer abwechslungsreichen Silhouette kombiniert.

Rechts: Das Belvedere, 1714–1723 von Lucas von Hildebrandt für Prinz Eugen von Savoyen erbaut, besteht aus zwei durch einen ausgedehnten Garten verbundenen Schlössern.
Fotos Seite 33:
Links oben: Das Arsenal, 1849–1855 als monumentale Festung, Kaserne, Waffendepot und Museum errichtet.
Links unten: Die repräsentative Verbauung des Wienflußufers im Stadtpark erfolgte gleichzeitig mit der Regulierung der Wien um die Jahrhundertwende.
Mitte oben: Der jüngst revitalisierte Sünnhof an der Landstraßer Hauptstraße ist einer der typischen langgestreckten Wohnhöfe des Biedermeier.
Mitte unten: Die Wien, ein im westlichen Wienerwald entspringender Fluß, mündet bei der Urania in den Donaukanal.
Rechts oben: Die 1983–1985 erbaute städtische Wohnhausanlage in der Löwengasse nach Vorstellungen des Malers Friedensreich Hundertwasser.
Rechts unten: Der Karl-Borromäus-Brunnen, 1909 von Josef Plečnik und Josef Engelhart geschaffen.

HOTEL

DIE·LIEBE

IV.
WIEDEN

Die Wieden wurde 1850 zusammen mit Margareten als IV. Bezirk eingemeindet. Nach der Festlegung einer zwischen Kettenbrücken- und Blechturmgasse quer durch das Gebiet gezogenen Grenze wurde Margareten 1861 von der Wieden abgetrennt. Etwa 31.000 Menschen leben im IV. Bezirk auf einer Fläche von rund 180 ha.

Der Kern der 1211 erstmals urkundlich erwähnten Vorstadt Wieden lag im Bereich des heutigen Rilkeplatzes, wo am unteren Lauf der Wiedner Hauptstraße, die bereits im Hochmittelalter als Ausfallstraße nach Süden Bedeutung hatte, eine Siedlung entstanden war. Im Bereich des Karlsplatzes befand sich seit dem 13. Jahrhundert das Heiligengeistspital mit der Antonskapelle; hier hatte sich seit dem 2. Jahrhundert nach Christus der ausgedehnte Friedhof der römischen Zivilstadt befunden. Das 1266 erwähnte Siechenhaus Am Klagbaum lag außerhalb der Siedlung im Bereich der Klagbaumgasse. An der Wien und am Mühlbach (Grüngasse/Mühlgasse) waren zahlreiche Mühlen entstanden, von denen nur die Heumühle in veränderter Form erhalten geblieben ist. Die Straßengabelung Wiedner Hauptstraße/Favoritenstraße erfuhr durch die Errichtung der Paulanerkirche ab 1627 eine bis heute städtebauliche Akzentuierung. Das Theresianum, ab 1615 von Kaiser Matthias als Sommersitz Favorita innerhalb eines ausgedehnten Gartens errichtet, wurde unter Kaiser Leopold I. großzügig ausgebaut und von Kaiser Karl VI. als Sommersitz benützt. Mit der Erbauung des Starhembergschen Freihauses an der Westseite der unteren Wiedner Hauptstraße ab der Mitte des 17. Jahrhunderts entstand ein aus mehreren Höfen bestehendes Massenwohnhaus mit Handwerksbetrieben, einer Kapelle und einem Theater, in dem 1791 Mozarts „Zauberflöte“ uraufgeführt wurde.

Die Bannung der Türkengefahr hatte zahlreiche Adelige zur Errichtung großzügiger Sommersitze in den außerhalb der Stadtbefestigung gelegenen Vorstädten veranlaßt. Von dem Kranz barocker Gartenpaläste, von dem Lady Montague berichtete, sie habe „nie etwas Angenehmeres und Reizenderes“ gesehen, blieb auf der Wieden nur das wahrscheinlich von Johann Lucas von Hildebrandt entworfene Palais Starhemberg-Schönburg erhalten.

Mit der Karlskirche, deren Errichtung Kaiser Karl VI. 1713 während der Pest gelobt hatte, erhielt die Wieden an ihrem stadtseitigen Rand eine monumentale Akzentuierung gegen das unverbaute Glacis. Johann Bernhard und Joseph Emanuel Fischer von Erlach schufen eines der Hauptwerke hochbarocker Sakralarchitektur. Mittlerweile hatte sich die Verbauung der Wieden verdichtet; bereits gegen Ende des 18. Jahrhunderts war die Ziegelofengasse erreicht. Auf den Gründen des Ende des 18. Jahrhunderts aufgelassenen Paulanerklosters entstand um 1800 der planmäßig angelegte Mozartplatz. Während der ersten Hälfte des 19. Jahrhunderts wurden Planungen für das rasterartig verbaute Karolinenviertel um die in den Jahren 1860–1866 erbaute Elisabethkirche erarbeitet.

Die Gründerzeit brachte die Verbauung der seit 1700 bestehenden Argentinierstraße, der Prinz-Eugen-Straße und des Belvedereviertels; hier entstanden Palais und repräsentative großbürgerliche Mietshäuser. Das Gußhausviertel, ebenfalls von den Wohnbauten des aufstrebenden Bürgertums geprägt, stellt die bauliche Verbindung zwischen innerer Wieden und der Ringstraßenverbauung bzw. dem Schwarzenbergplatz her, dessen endgültiger Ausbau nach der Wienflußeinwölbung 1894–1903 vollendet werden konnte.

Oben und links: Die weithin sichtbare Karlskirche, von Johann Bernhard und Joseph Emanuel Fischer von Erlach 1716–1737 erbaut. Die Deckenfresken schuf Johann Michael Rottmayr 1725–1730.
Unten: Reicher floraler und ornamentaler Dekor charakterisiert die 1899–1900 von Otto Wagner erbauten Stadtbahn-Pavillons am Karlsplatz.

Oben: Eine prachtvolle Fassade in der Argentinierstraße.
Rechts: Clemens Holzmeisters ORF-Gebäude in der Argentinierstraße wurde 1983 durch einen Zubau von Gustav Peichl erweitert.
Unten: Die Französische Botschaft am Schwarzenbergplatz, 1906–1909 nach Entwürfen von G. P. Chédune erbaut – ein Stück französischen Jugendstils in Wien.

V.
MARGARETEN

Der mit einer Fläche von ca. 200 ha verhältnismäßig kleine, aber dicht besiedelte Bezirk — er hat rund 51.300 Einwohner — leitet seinen Namen von einem seit dem 14. Jahrhundert im Bereich des heutigen Margaretenplatzes bestehenden befestigten Gutshof, dem sogenannten Margaretener Schloß, ab. Dieses Schloß — die Reste haben sich in der Häuserfront zwischen Hofgasse und Schloßgasse erhalten — bildete zusammen mit dem umliegenden Weiler eine der alten, ursprünglich isoliert zwischen Feldern und Weingärten gelegenen Ortschaften, aus denen im Lauf der Zeit die dichtverbaute Vorstadt entstehen sollte. Weitere Siedlungen bestanden um die Hunczmühle (Am Hundsturm), entlang der Wiedner Hauptstraße (Matzleinsdorf), an der Wien zwischen Spengergasse und Grohgasse (Reinprechtsdorf), entlang der Nikolsdorfer Gasse und entlang der Laurenzgasse. Der Margaretenplatz mit der eindrucksvollen Schaufront des 1884/85 von Fellner & Helmer erbauten Margaretenhofs hat seine Bedeutung als lokales Zentrum bis heute bewahrt. Einige der alten Feldwege, z. B. der Mittersteig und die gewunden verlaufende Margaretenstraße, sind bis heute im Stadtbild nachweisbar.
Seit dem Ende des 18. Jahrhunderts kam es zur Erschließung neuer Baugründe hinter dem Margaretener Schloß, zwischen Pilgramgasse und Kettenbrückengasse und um die Krongasse. Die weitläufigen Gärten wurden von der typischen kleinteiligen Verbauung des Biedermeiers, wie sie sich im Kettenbrückenviertel relativ gut erhalten hat, verdrängt. Während der zweiten Hälfte des 19. Jahrhunderts wurden die restlichen Baulücken um Bacherplatz, Zentaplatz und Einsiedlerplatz sowie am Siebenbrunnenfeld geschlossen; mit der Entstehung ausgedehnter kleinbürgerlicher Wohnviertel mit mehrgeschoßigen Zinshäusern war der Wandel zur großstädtischen Verbauungsstruktur vollzogen. Bereits elf Jahre nach der Eingemeindung wurde Margareten 1861 als eigenständiger Bezirk durch eine in Nord-Süd-Richtung zwischen Kettenbrückengasse und Blechturmgasse gezogene Linie von der Wieden abgetrennt; die außerhalb der Linie (heute Gürtel) gelegenen Bezirksteile wurden 1874 bzw. 1907 an den X. bzw. XII. Bezirk abgetreten.

Durch den Ausbau des Wientals und die Errichtung der Wiental-Linie der Stadtbahn kam es ab 1895 zur Aufwertung des Wienflußufers. Hier entstand entlang der Hamburgerstraße ein bemerkenswertes Ensemble großbürgerlicher Mietshäuser, an dessen Entstehung die Wagner-Schüler Josef Plečnik (Steggasse 1) und Oskar Marmorek (Rüdigerhof, Hamburgerstraße 20) beteiligt waren.
Die kommunale Wohnbautätigkeit des Roten Wien setzte mit der Errichtung einer Reihe von großzügigen Gemeindebauten am Margaretengürtel während der Zwischenkriegszeit einen weiteren wichtigen baulichen Akzent. Die imposanten Fassaden von Julius-Popp- und Herweghhof, Metzleinstaler Hof, Reumannhof und Franz-Domes-Hof schließen sich gegen die Außenbezirke zu einer eindrucksvollen Schaufront zusammen.

Fotos Seite 40: Der Naschmarkt, 1916 auf die Wienflußüberwölbung verlegt. Die rhythmische Abfolge der Dachformen gliedert die von Friedrich Jäckel konzipierte Anlage.
Das Marktamt am westlichen Ende des Naschmarkts, 1916 von Friedrich Jäckel erbaut.

Fotos Seite 41: Links oben: Der 1924–1926 erbaute Reumannhof an der „Ringstraße des Proletariats", dem Margaretengürtel. Hier hat sich ein eindrucksvolles Ensemble von Gemeindebauten aus der Zwischenkriegszeit erhalten.
Rechts und links unten: Eine baumbestandene Wohnstraße und kleine Vorgärten sorgen in dem 1884/85 von Fellner & Helmer erbauten Zinshaus-Komplex des Margaretenhofs für Wohnqualität.

NORDSEE

MARKTAMT

REUMANN-HOF
GEMEINDE WIEN

VI.
MARIAHILF

Mariahilf, mit ungefähr 149 ha Fläche der zweitkleinste Bezirk Wiens, wurde 1850 eingemeindet und wird gegenwärtig von etwa 29.700 Menschen bewohnt.

Im Gebiet des heutigen 6. Bezirks bestanden mittelalterliche Siedlungen um die ursprünglich am Steilufer der Wien gelegene Ägidikirche in Gumpendorf und um das 1905 abgebrochene, seit dem 14. Jahrhundert existierende Theobaldkloster auf der Laimgrube. Im 16. Jahrhundert entstand der Windmühlgrund um die Abzweigung der Windmühlgasse von der Mariahilfer Straße. Teile des Magdalenagrunds, zwischen Eggerth- und Kaunitzgasse gelegen, hießen wegen der kleinen, verschachtelt angelegten und ärmlichen Behausungen im Volksmund „Ratzenstadl" und blieben bis in die Mitte des 20. Jahrhunderts erhalten. Nach der Erbauung der Mariahilfer Kirche an der Stelle einer um 1660 errichteten Kapelle entstand die Ortschaft Mariahilf. Die Gumpendorfer Straße und die als Ausfallstraße nach Schönbrunn bzw. weiter nach Westen führende Mariahilfer Straße waren um 1700 bereits zum großen Teil verbaut. Am Wienfluß und entlang des Mühlbachs (heute Mollardgasse) waren Mühlen und Färbereien angesiedelt; die Landwirtschaft und der Lehm-Abbau an der auch heute noch durch Stiegenanlagen überbrückten Steilkante gegen das Wienfluß-Ufer waren die wichtigsten Erwerbszweige.

Seit dem Ende des 17. Jahrhunderts entstanden nach der endgültigen Abwendung der Türkengefahr auch in Mariahilf zahlreiche adelige Sommersitze. Im letzten Viertel des 18. Jahrhunderts hatte sich die Verbauung bis zum Gebiet der heutigen Otto-Bauer-Gasse vorgeschoben; um die Mitte des Jahrhunderts waren die Gründe bis zum Linienwall bereits parzelliert und verbaut. Einige typische Wohnhäuser des Spätbarock und des Vormärz haben sich um die Haydngasse erhalten. Im dritten Viertel des 19. Jahrhunderts entstand auf dem ehemaligen Glacis ein planmäßig angelegtes gründerzeitliches Wohnviertel, das die bauliche Verbindung zur Ringstraßen-Randzone herstellt.

Die Regulierung des Wienflusses seit dem Ende des 19. Jahrhunderts brachte nachhaltige, bis in die Gegenwart wirksame städtebauliche Veränderungen im südlichen Randbereich des VI. Bezirks mit sich. Der stadtnähere Abschnitt des Mariahilfer Wientals westlich der Eggerthgasse wurde eingewölbt, sodaß zwischen Linker und Rechter Wienzeile ein breiter Boulevard entstand. Durch die Erbauung der Wiental-Linie der Stadtbahn unter der Leitung Otto Wagners ab 1894 erfolgte nicht nur die Erschließung weiter Stadtteile durch ein modernes Massenverkehrsmittel, sondern auch die städtebauliche Aufwertung der Trassen-Randzone. Die Bautätigkeit des ausgehenden 19. Jahrhunderts ließ an der Wienzeile eines der repräsentativsten Ensembles großbürgerlicher Mietshäuser der Spätgründerzeit entstehen.

Fotos Seite 44:
Die 1889/1899 von Otto Wagner und seinen Schülern entworfenen Mietshäuser bilden den Höhepunkt der spätgründerzeitlichen Verbauung der Wienzeile. Flacher floraler Jugendstil-Dekor bestimmt Treppenhaus und Fassade von Haus Nr. 40 *(rechts oben und unten)*; der Reliefdekor und die prominente Ecklösung charakterisieren Haus Nr. 38 *(links)*.

Fotos Seite 45:
Oben: Das Raimundtheater, als Volkstheater für die westlichen Bezirke Wiens geplant, wurde 1893 eröffnet.
Rechts: Nach dem Naschmarkt-Bummel lädt das traditionsreiche Café Sperl zum kleinen Braunen.
Unten: Die Hauptfront des alten, 1801 eröffneten Theaters an der Wien. Hier wurde 1805 Beethovens „Fidelio" uraufgeführt.

CAFÉ SPERL
CAFÉ SPERL
CAFÉ
Sperl
CAFÉ
Sperl

VII.
NEUBAU

Neubau, der VII. Wiener Gemeindebezirk, ist mit einer Fläche von rund 160 ha der drittkleinste der Wiener Bezirke. Er wird von etwa 29.700 Menschen bewohnt.
Der VII. Bezirk wurde aus den Vorstädten Neubau, Schottenfeld und Spittelberg sowie aus Teilen von St. Ulrich, Laimgrube und Mariahilf gebildet und 1850 zusammen mit den weiteren innerhalb des Linienwalls gelegenen Vorstädten eingemeindet. Die Mariahilfer Straße, eine seit der Römerzeit wichtige Ausfallstraße nach Westen, bildet die Südgrenze des Bezirks.
Um die 1211 urkundlich erwähnte Ulrichskirche hat sich der Grundriß einer der frühesten nachweisbaren Siedlungskerne im Bereich der Vorstädte erhalten. St. Ulrich-Zeismannsbrunn wurde wohl schon um 1100 entlang des Ottakringerbachs angelegt. Der am Westende der Siedlung gelegene Neudegger Hof stammte aus dem 15. Jahrhundert. Entlang der Neubaugasse befand sich ebenfalls seit dem 16. Jahrhundert die Siedlung Neubau. Anstelle eines Gutshofs entstand im Bereich des Spittelbergs ab 1675 das nach den hier ansässigen Ungarn, Mährern und Kroaten benannte „Kroatendörfl". Nach der Zerstörung während der 2. Türkenbelagerung gelangte das Gebiet in den Besitz des Wiener Bürgerspitals und trug fortan den Namen Spittelberg. In der Folge entwickelte sich an dieser Stelle ein dicht verbautes Viertel, das sich bald durch die hier angesiedelten übel beleumundeten Schenken einen zweifelhaften Ruf erwerben sollte. Zusammen mit den barocken Bürgerhäusern um den Ulrichsplatz hat sich ein weitläufiges Ensemble erhalten, dessen Sanierung nun weitgehend abgeschlossen ist.
Mit der Erbauung der Hofstallungen (Messepalast) durch Johann Bernhard Fischer von Erlach ab 1719 (von 1723 an durch Joseph Emanuel Fischer von Erlach weitergeführt) erhielt die Vorstadt an ihrem östlichen Rand eine repräsentative Schaufront gegen das unverbaute Glacis. Fischers Anlage, die eine axiale Sichtverbindung zum Michaelertor der Hofburg herstellte, sollte die städtebaulichen Konzepte der Folgezeit für diesen Bereich nachhaltig beeinflussen.

Hinter den Hofstallungen war im Bereich des Chaosschen Stiftungshauses ab 1745 die weitläufige Stiftskaserne errichtet worden. Bis 1770 hatte die Verbauung bereits die Höhe der heutigen Schottenfeldgasse erreicht. Die typische rasterartige Erschließung des Spätbarock und des Vormärz hat sich im Stadtbild des VII. Bezirks bis heute gut erhalten.
Das Schottenfeld westlich der Ziegler- bzw. Hermanngasse, bis zur Mitte des 18. Jahrhunderts von Feldern und Gärten dominiert, erlebte seinen Aufschwung durch die josephinische Industrialisierungspolitik des ausgehenden 18. Jahrhunderts. Drahtziehereien und Posamentierwarenerzeugungen sowie verschiedene Zweige der Textilindustrie verschafften den Fabrikanten jenen sagenhaften Reichtum, der dem Gebiet die Bezeichnung Brillantengrund eintrug. Auf dem höchsten Punkt der Ansiedlung entstand ab 1784 die Schottenfelder Pfarrkirche. Bereits zur Mitte des 19. Jahrhunderts — der Ottakringer Bach war ab 1837 eingewölbt worden — hatte die Verbauung die Kaiserstraße und damit auch beinahe die heutige westliche Bezirksgrenze erreicht. Ein typischer Straßenzug des Vormärz hat sich mit der einheitlich verbauten Bernardgasse erhalten. Mit der ab 1848 erbauten Altlerchenfelder Kirche, einem Hauptwerk der Sakralarchitektur des Romantischen Historismus, war das Verbauungspotential des Bezirks weitgehend erschöpft, sodaß sich die Eingriffe der Gründerzeit, der Jahrhundertwende und des 20. Jahrhunderts auf die Ersetzung von Altbauten beschränkten.

Oben und rechts oben: Der Spittelberg, einst ein berüchtigtes Vergnügungsviertel. Ein Stück barocker Vorstadt am Rand des VII. Bezirks wurde renoviert und neu belebt.
Links oben und unten: Um den Ulrichsplatz, einst Mittelpunkt der Siedlung St. Ulrich–Zeismannsbrunn, hat sich ein Ensemble repräsentativer barocker Bürgerhäuser erhalten.
Rechts unten: Der Adlerhof, Burggasse Nr. 51. Eines der typischen vielhöfigen Wiener „Durchhäuser“.

Foto Seite 49:
Das im Theaterbau vielfach bewährte Architektenbüro Fellner & Helmer errichtete 1889 das Volkstheater.

VOLKSTHEATER
v. BUKOVICS 1889-1905
WEISSE 1905-1916
WALLNER 1916-1918
BERNAU 1918-1924
JAHN 1932-1938
ILTZ 1938-1945
HAENEL 1945-1948
1889
1989

VIII.
JOSEFSTADT

Diedichtverbaute Josefstadt, deren Name an die Krönung Josephs I. zum Römischen König (1690) erinnert, ist mit einer Fläche von ca. 108 ha der kleinste der Wiener Bezirke. In der 1850 eingemeindeten Josefstadt, die sich aus den Siedlungen Josefstadt, Strozzigrund und Breitenfeld zusammensetzte, leben heute etwa 23.000 Menschen.
Auf dem Gebiet des Oberen Lerchenfelds und des Buchfelds bestanden während des Mittelalters ausgedehnte Äcker; nur am Ende der Rotenhofgasse lag ein Gutshof. Die Hauptstraßen des Bezirks – Lerchenfelder Straße, Josefstädter Straße, Florianigasse und Alser Straße – gehen auf alte Feldwege zurück. Die Bannung der Türkengefahr ermöglichte die Verbauung der ausgedehnten Gründe vor den Stadtmauern; nur das Glacis, ein breiter, den Mauergürtel umziehender Streifen Land, blieb bis zur Schleifung der Basteien ab 1857 unverbaut.
1690 erwarb Marchese Hippolyt Malaspina die Gründe zwischen Josefstädter Straße und Florianigasse, Fuhrmanngasse und Lange Gasse und begann mit der Parzellierung des Kerngebiets der Josefstadt. Mittelpunkt der Ansiedlung war der Jodok-Fink-Platz mit der ab 1716 an Stelle einer älteren Kapelle erbauten Piaristenkirche Maria Treu. Mit Kirche, Kloster, Löwenburgkonvikt und Mariensäule ist hier ein repräsentatives barockes Ensemble erhalten geblieben. An der Florianigasse erbaute Johann Lucas von Hildebrandt ab 1706 das Palais Schönborn; gleichzeitig entstand am Südostrand der Vorstadt das Auersperg-Palais. Seit 1695 erbauten die Trinitarier an der Alser Straße ihre Kirche. Um das ab 1698 errichtete, heute hinter dem Haus Josefstädter Straße Nr.39 verborgene Palais Strozzi entstand auf dem Lerchenfeld die Siedlung Strozzigrund. Bis zum Ende des 18. Jahrhunderts war lediglich das westlich der Josefstadt gelegene, im Besitz der Schotten befindliche Breitenfeld zwischen äußerer Josefstädter Straße und Alser Straße unverbaut geblieben. Abt Benno Pointner ließ das Gebiet ab 1802 parzellieren; das typische Straßenraster mit den rechteckigen Plätzen (Benno- und Albertplatz) hat sich in Breitenfeld gut erhalten.
Bis zur Mitte des 19. Jahrhunderts war auch die Verbauung des Ostrands der Vorstadt abgeschlossen. Zwei monumentale öffentliche Bauten des Vormärz, das Landesgericht und das ehemalige Militärgeographische Institut (Bundesamt für Eich- und Vermessungswesen), setzen hier besondere Akzente. Die Front der vorwiegend spätbarocken und vormärzlichen mehrgeschoßigen Zinshäuser an der Auerspergstraße wird nur durch das 1907/08 von Robert Oerley errichtete ehemalige Sanatorium Luithlen unterbrochen. In der nahen Lenaugasse hat sich ein Ensemble barocker und vormärzlicher Wohnbauten erhalten; die westliche Zeile enthält barocken Bestand, während die östliche einheitlich (Nr. 2–18) zwischen 1839 und 1841 errichtet wurde. Auch in der Buchfeldgasse besteht ein einheitliches Ensemble von Wohnhäusern des Vormärz (1824–1828). Einzelne Barockhäuser mit Höfen und das Damian-Palais haben sich in der Lange Gasse erhalten.
Die Bautätigkeit des 20. Jahrhunderts blieb in der Josefstadt zum Großteil auf die punktuelle Ersetzung von Altbauten beschränkt. Eine Ausnahme bildet lediglich der Bereich zwischen Josefstädter Straße, Schlesingerplatz, Florianigasse und Albertplatz. Nach dem Abbruch der Kavalleriekaserne 1904 entstand hier ein von secessionistischen Mietshäusern dominiertes Viertel.

Oben und rechts: Die monumentale Zweiturmfront der ab 1716 erbauten Piaristenkirche Maria Treu beherrscht eine barocke Platzanlage im Zentrum der Josefstadt. Die Deckenfresken stammen von Franz Anton Maulbertsch.
Unten: Das 1788 erbaute, später mehrfach erweiterte Theater in der Josefstadt, Wirkungsstätte Ferdinand Raimunds, Fanny Elßlers und Max Reinhardts.

Oben: Das Portal des Hauses Lange Gasse Nr. 34 wird von einer barocken Dreifaltigkeitsgruppe gekrönt.
Links und unten: Ein geschlossenes Ensemble reizvoller Bürgerhäuser des 18. und frühen 19. Jahrhunderts hat sich in der Lenaugasse erhalten. Ein Maskenkeilstein schmückt eine Einfahrt von Nr. 3.

IX.
ALSERGRUND

Der 1850 eingemeindete IX. Bezirk ist ca. 299 ha groß und wird von etwa 39.500 Menschen bewohnt. Die Terrainstufe entlang der Liechtensteinstraße teilt den IX. Bezirk in eine höhere, gegen den Gürtel ansteigende westliche und eine am Donaukanal im Bereich des ehemaligen Donauschwemmlandes gelegene östliche Hälfte. Der Niveauunterschied wird durch Treppenanlagen überwunden, deren bekannteste die durch Heimito von Doderer literarisch verewigte Strudlhofstiege (1910) ist.

Die untere Währinger bzw. Nußdorfer Straße folgt dem Zug der römischen Limesstraße, die über Klosterneuburg nach Norden führte. Im Bereich des heutigen Arne-Carlsson-Parks wurde diese Straße von einem weiteren, dem Verlauf der Linie Flötzersteig–Skodagasse–Boltzmanngasse und Alserbachstraße folgenden Weg gekreuzt. Um 1160 entstand an dieser Kreuzung um eine Kirche und ein Spital die Siedlung Siechenals; der Grundstein für die den Bezirk bis heute prägende traditionelle Präsenz medizinischer Institutionen wurde also bereits im Hochmittelalter gelegt. Später stand hier ein Turm der spätmittelalterlichen Vorstadtbefestigung. Bis 1928 befand sich an dieser Stelle das Bürgerversorgungshaus, das für ein nie ausgeführtes Hochhausprojekt abgebrochen wurde. Von Siechenals hat sich — ebensowenig wie von den weiteren mittelalterlichen Siedlungen des Alsergrunds — keine Spur erhalten. Eine Ortschaft Michelbeuern ist 1170 urkundlich erwähnt.

In unmittelbarer Stadtnähe vor dem Schottentor lag um 1211 die Alservorstadt. Auf dem Gebiet des 1529 zerstörten Sporkenbühel entstand in der Folge der Himmelpfortgrund, und in der Nähe des ehemaligen Siechenals bildete sich um die Ziegeleien des Johann Thury ab 1646 der Thurygrund. In der Roßau, wo seit dem 16. Jahrhundert in der Seegasse ein heute aufgelassener jüdischer Friedhof besteht, hatte sich seit der Gründung des Servitenkosters 1638 eine Siedlung gebildet.

Der am Fluß gelegene Obere Werd blieb lange Zeit hindurch wegen Hochwassergefahr unbesiedelt. Fürst Hans Adam Liechtenstein erwarb gegen Ende des 17. Jahrhunderts Gründe in der Roßau und ließ hier ab 1691 bzw. 1698–1711 von Domenico Martinelli das Sommerpalais Liechtenstein (heute Museum moderner Kunst) errichten. Am nördlichen Ende des Gartens erbaute Johann Bernhard Fischer von Erlach das berühmte Gartenbelvedere, das 1873–1875 durch einen Neubau ersetzt wurde.

Die Achse zwischen diesen beiden Gebäuden fungiert in ihrer Verlängerung nach Norden als Hauptachse der vom Fürsten 1701–1712 planmäßig angelegten Siedlung Lichtental und wurde durch das Brauhaus im Bereich des Liechtenwerder Platzes abgeschlossen. In nächster Nachbarschaft ließ Graf Althan im Bereich des Julius-Tandler-Platzes ein weiteres barockes Gartenpalais errichten, das 1870/71 dem Franz-Josephs-Bahnhof weichen mußte.

Auch in Stadtnähe setzte nach dem Sieg über die Türken 1683 eine rege Bautätigkeit ein. Mit dem Bau des Weißspanierklosters, dem Bau der niederösterreichischen landständischen Akademie (heute Gelände der Nationalbank) und dem Invalidenhaus, das 1784 als Allgemeines Krankenhaus in erweiterter Form eröffnet werden konnte, entstanden entlang der Alser Straße mehrere weitläufige Gebäudekomplexe. In der Schwarzspanierstraße wurde ab 1690 das Schwarzspanierkloster erbaut; von der Kirche steht seit 1963/64 nur mehr die Fassade. In der Boltzmanngasse entstand das von Mercedariern geführte Spital mit der 1722/23 erbauten Kirche. Die Mariannengasse war schon seit 1700 vollständig verbaut.

Gegen Ende des 18. Jahrhunderts war das Gebiet an der unteren Währinger

Straße parzelliert und verbaut worden. Mit dem Josephinum (1783–1785) und dem Palais Dietrichstein-Clam-Gallas (heute französisches Kulturinstitut, 1834/35) wurden hier zwei weitere monumentale Akzente gesetzt. Um 1800 erfolgte die Verbauung des Gebietes zwischen Nußdorfer Straße und Gürtel; der an der Kreuzung zweier Gassen angelegte Sobieskiplatz ist einer der typischen Achsenkreuz-Plätze des Wiener Vormärz. Noch vor 1830 wurde die Parzellierung des Gebiets um die Thurn- und Wasagasse durchgeführt, zwischen 1830 und 1860 wurden die Gründe der Michelbeuern-, Severin- und Tendlergasse erschlossen.

Nach 1852 setzte eine rege Bautätigkeit im „Neu-Wien"-Viertel um Schlickplatz, Berggasse und Türkenstraße ein. Die palaisartigen Mietshäuser in diesem Bereich sind unmittelbare Vorläufer des monumentalisierten Wohnbaus der Ringstraße. 1865–1869 entstand in unmittelbarer Nähe der ausgedehnte Backsteinbau der Roßauer Kaserne, deren turmbewehrte Schauseiten repräsentative Fassaden gegen Donaukanal und Schlickplatz darstellen. Etwa gleichzeitig wurde an der noch weitgehend unverbauten oberen Währinger Straße das Gebäude der Siglschen Lokomotivfabrik (später TGM, jetzt WUK) errichtet. Auf dem noch unverbauten Schottentor entstand 1856–1879 die Votivkirche als erster Monumentalbau der Ringstraße. Heinrich von Ferstel schuf mit dem in Formen der französischen Kathedralgotik gehaltenen Bau ein Hauptwerk des Wiener Historismus. Die Monumentalität der freistehenden Kirche wird durch die unverbaute Fläche vor der gegen die Stadt gerichteten Zweiturmfront noch betont. Der hinter der Kirche gelegene Rooseveltplatz ist eine planmäßige, auf den Chor bezogene Anlage.

Um die Jahrhundertwende erfolgte die Donaukanalregulierung und der Ausbau der Stadtbahn (jetzt U4). Ähnlich wie im Zuge der Wientalverbauung erfuhr der Uferbereich des Donaukanals damit eine städtebauliche Aufwertung. Mit einer Anzahl von Mietshäusern und der Errichtung des Polizeigebäudes an der Roßauer Lände wurden hier weitere Akzente gesetzt.

Im Bereich zwischen Alser und Währinger Straße war seit dem ausgehenden 18. Jahrhundert um das alte Allgemeine Krankenhaus eine Vielzahl von Spitälern, Kliniken und Instituten entstanden, die den Charakter des Bezirks nachhaltig prägen. Mit der Anlage des neuen Allgemeinen Krankenhauses scheint diese Entwicklung abgeschlossen. Ein weiterer städtebaulicher Eingriff der jüngsten Zeit ist die Schaffung eines zusammenhängenden Neubau-Komplexes zwischen Franz-Josephs-Bahnhof, Althanstraße und Donaukanal.

Rechts: Heinrich von Ferstels ab 1856 errichtete Votivkirche. Die Choransicht des neogotischen Baues erinnert an Vorbilder aus der französischen Kathedralgotik.

Fotos Seite 57: Links: Ein Hof im alten Allgemeinen Krankenhaus. Die Anlage ist ein typisches Beispiel für einen Zweckbau aus der Ära Kaiser Josephs II.

Rechts: Das Servitenkloster mit der ab 1651 erbauten Kirche Maria Verkündigung, einem frühbarocken Zentralbau mit reicher Stuckausstattung.

Das Schützenhaus, im Zuge der Donaukanalregulierung als Teil der Staustufe Kaiserbad von Otto Wagner errichtet (II. Bezirk).

Die Nußdorfer Wehranlagen, 1894–1899 von Otto Wagner errichtet (XX. Bezirk).

AUSTRIA CENTER

Oben: Die Donaukanallinie der Stadtbahn, heute in das Streckennetz der U-Bahn integriert, wurde 1901 in Betrieb genommen.

Links: Universitätsinstitute und Neue WU bilden einen ausgedehnten Neubaukomplex über dem Franz-Josefs-Bahnhof.

Unten: Das CA-Zentrum.

Oben: Der Narrenturm, auch „Kaiser-Joseph-Guglhupf“ genannt, wurde 1794 hinter dem III. Hof des Allgemeinen Krankenhauses errichtet.
Rechts: Die 1925 fertiggestellte Nationalbank ist ein Werk des Otto Wagner-Schülers Leopold Bauer.
Unten: Im barocken Sommerpalais Liechtenstein in der Roßau ist das Museum moderner Kunst untergebracht.

X.
FAVORITEN

Favoriten ist der Bezirk mit der höchsten Einwohnerzahl. Auf einer Fläche von an die 3.177 ha leben hier etwa 148.000 Menschen.

Das Gebiet des X. Bezirks — zwischen Triester Straße im Westen und Simmering im Osten — war um die Mitte des 19. Jahrhunderts zweifach von der Stadt abgeschnitten: einerseits durch den Linienwall, der nur am Durchbruch der alten Fernverkehrsstraßen, der Triester bzw. Favoritenstraße, im Bereich des heutigen Matzleinsdorfer bzw. Südtiroler Platzes gequert werden konnte, andererseits durch die parallel zum Linienwall errichtete Südbahntrasse. Auch heute noch liegen die meistfrequentierten Durchlässe im Bereich der alten Mautstellen an der Favoriten- bzw. Matzleinsdorfer Linie. Die physische Trennung Favoritens von der Stadt wird allerdings durch die ab 1971 errichtete U-Bahn-Linie U1 teilweise aufgehoben.

Am Matzleinsdorfer Platz quert der dem Verlauf der alten Römerstraße folgende Straßenzug Kärntner Straße–Wiedner Hauptstraße–Triester Straße, der bereits ab dem letzten Drittel des 12. Jahrhunderts bis auf den Semmering und weiter nach Süden führte, den Gürtel. Auf der Anhöhe des Wienerbergs befand sich nahe der 1375 von Herzog Leopold III. gestifteten Spinnerin am Kreuz bis 1747 die Richtstätte. Die Laxenburger Straße bildet — zusammen mit der inneren Favoritenstraße — eine Verbindung zwischen den beiden kaiserlichen Lustschlössern Favorita (heute Theresianum, IV. Bezirk) und Laxenburg, während die äußere Favoritenstraße die Fernverbindung in Richtung Burgenland herstellt.

Die südliche und südöstliche Bezirksgrenze ist topographisch nicht akzentuiert. Zwar endet die geschlossene Verbauung am markanten Steilabfall des Wiener- bzw. Laaer-Berges, wo mit dem Wasserturm, dem Philips-Haus, dem Gebäude der Krankenkasse und dem Gasbehälter eine auf effektvolle Fernwirkung zielende Silhouette entstand, das Gebiet des X. Bezirks umfaßt aber seit 1954 auch das Gebiet der bereits am Nordrand des Wiener Beckens gelegenen Ortschaften Rothneusiedl, Unter- und Oberlaa. Die Johanneskirche in Unterlaa geht auf römische Vorgängerbauten zurück. Zwischen der Steilkante des Wienerbergs und der südlichen Bezirksgrenze liegen auch heute noch unverbaute Gebiete.

Außer einigen isoliert gelegenen Bauten, so z. B. dem in einem Straßennamen weiterlebenden Alten Landgut, war Favoriten bis weit ins 19. Jahrhundert hinein unverbaut. Ackerflächen und Wälder — einen Rest davon bildet der Laaer Wald — bedeckten das weitläufige Gebiet. Nach 1848 siedelten sich die in den Ziegeleien am Wienerberg beschäftigten Slowaken in Favoriten an, und Ende der fünfziger Jahre des 19. Jahrhunderts war das Gebiet bis zur heutigen Gudrunstraße locker verbaut. Die Errichtung des Arsenals und der Ringstraße erhöhte den Bedarf an Baumaterial und bedingte einen verstärkten Zuzug in die Gebiete um die Ziegeleien, sodaß sich die Verbauung in den siebziger Jahren des 19. Jahrhunderts bis auf die Höhe des Reumannplatzes vorgeschoben hatte. Das typische Rasterstraßennetz des dritten Jahrhundertviertels mit seinen ausgesparten Rechteckplätzen (Keplerplatz, Erlachplatz, Friesenplatz) und Rhombenplätzen oder Rundplätzen (Quellenplatz, Gellertplatz) an den Straßenkreuzungen prägt auch heute noch den inneren X. Bezirk. Mit der Erbauung der Kirche St. Johannes Evangelist auf dem Keplerplatz 1872–1876 und der Anlage des Reumann- und Antonsplatzes als Fächerplatz sowie der Erbauung der Antonskirche 1896–1901 entstanden bis zum Ende des 19. Jahrhunderts lokale Bezirkszentren, deren Funktion durch die Anlage der U-Bahn-Stationen neu

SIEMENS

aufgewertet wurde. Auch das Gebiet entlang des östlichen Abschnitts der Troststraße wurde neu erschlossen.
Ab 1850 entstanden in Favoriten zahlreiche Fabriken, deren Backstein-Werkhallen zum Teil bis heute in Funktion geblieben sind. Durch die Industrialisierung verdichtete sich neuerlich die Besiedlung Favoritens, dessen innerer Bereich bis heute von vielgeschoßigen Zinskasernen geprägt wird. 1890 wurde Favoriten als X. Bezirk eingemeindet. Aufgrund der vorherrschenden sozialen Struktur entstand ab dem Ende des 19. Jahrhunderts eine starke Arbeiterbewegung, die durch die Entwicklung einer eigenen Kultur vor allem das Leben der Zwischenkriegszeit in Favoriten entscheidend mitprägte. Auf den weiten unverbauten Flächen des Bezirks entstanden großzügige Gemeindebauten — der George-Washington-Hof am Wienerberg, die Siedlung Am Wasserturm, der Pernerstorferhof und viele andere.
Der Zweite Weltkrieg brachte schwere Schäden für Favoriten; ein Drittel aller Favoritener Wohnungen, das war damals ein Sechstel aller Wohnungen Wiens, war ausgebombt.
Nach dem Krieg setzte bald wieder eine rege Wohnbautätigkeit ein. Die erste große Wohnhausanlage der Nachkriegszeit entstand mit der in der Folge in mehreren Phasen erweiterten Per-Albin-Hansson-Siedlung. Auf den weiten, noch immer unverbauten Flächen des Wienerberges und Wienerfeldes haben sich verbaute „Inseln" entwickelt. Im Südosten des Bezirks bestehen ausgedehnte Grünanlagen, so z. B. der Laaer Wald mit dem Böhmischen Prater und der Kurpark beim 1974 eröffneten Kurbad Oberlaa. Weite Flächen des X. Bezirks werden bis heute landwirtschaftlich genutzt.

Oben: In unmittelbarer Nähe zum 1974 eröffneten Kurbad Oberlaa entstand auf dem Areal ehemaliger Ziegeleien ab 1969 ein ausgedehnter Kurpark.
Links unten: Die von Johannes Spalt 1977–1979 erbaute Kirche Salvator am Wienerfeld setzt sich mit der Tradition der Wiener Architektur der Jahrhundertwende auseinander.
Rechts unten: Die Pfarrkirche St. Antonius von Padua hat ihr Vorbild in San Marco in Venedig.

Oben und unten: Das Amalienbad, im Auftrag der Gemeinde Wien 1923–1926 von Karl Schmalhofer und Otto Nagel erbaut und nach der sozialdemokratischen Gemeinderätin Amalie Pölzer benannt.
Rechts: Die gleichsam organisch anmutende Front und die eigenwilligen Details bestimmen Günter Domenigs 1975–1979 erbaute Z-Filiale in der Favoritenstraße.

XI.
SIMMERING

Das Gebiet des XI. Bezirks, in der südöstlichen Stadtregion zwischen Donaukanal und dem Gleiskörper der ehemaligen Raaber Bahn gelegen, wurde 1892 nach Wien eingemeindet. Auf rund 2.324 ha Fläche leben hier etwa 67.000 Menschen.

Die Ortschaft Simmering, urkundlich bereits 1028 erwähnt, lag entlang der Kobelgasse und um die St. Laurentius-Kirche; ein Gassendorf entlang der Mautner-Markhof-Gasse wurde als „Dörfl“ bezeichnet. Die Krausegasse war der erste Abschnitt eines alten Weges, der im Verlauf der heutigen Geiselberg- und Gudrunstraße über den Margaretengürtel ins Wiental führte. Die Simmeringer Hauptstraße entspricht der Römerstraße, die Vindobona mit Carnuntum (Petronell) verband. Als wichtige Ausfallstraße nach Osten hieß sie später auch Poststraße oder Preßburger Chaussee.

Ein weiterer alter Siedlungskern besteht im Bereich des 1240 genannten Kaiserebersdorf, wo um das seit 1499 im Besitz des Kaisers befindliche Jagdschloß entlang der Hauptstraße und der Mühlsangergasse ein Gassengruppendorf entstand.

Albern, im äußersten Osten nahe der Schwechatmündung gelegen, wurde nach der Zerstörung durch ein Hochwasser 1775 als Straßendorf wiederaufgebaut. Ab 1569 ließ Kaiser Maximilian II. an einer Terrainstufe nordöstlich der Simmeringer Hauptstraße inmitten eines ausgedehnten umfriedeten Gartens das Neugebäude, ein nach dem Vorbild italienischer Lustgebäude gestaltetes Schloß, errichten. Zum Zeitpunkt des Todes von Maximilian II. unvollendet, blieb der Bau, an dem bedeutende Künstler der Zeit beschäftigt gewesen waren, als Torso erhalten. Seine Wiederherstellung und Neubelebung ist in der Gegenwart wieder in den Mittelpunkt des öffentlichen Interesses gerückt. In einem Teil des ummauerten Gartens baute Clemens Holzmeister 1922 das Krematorium. Weite Wiesen- und Gartenflächen, der Auwald am Fluß und ausgedehnte Weingärten (bis zur zweiten Türkenbelagerung) prägten lange Zeit hindurch das Bild Simmerings. Gegen die Mitte des 19. Jahrhunderts siedelten sich hier erste Industriebetriebe an, so z. B. 1851 die Maschinen- und Waggonbau-Fabriks-AG und 1865 die Hefe- und Malzfabrik Mautner Markhof. Zahlreiche weitere Betriebsgründungen folgten nach. Viele Arbeitskräfte aus den Kronländern der Monarchie konnten hier Arbeit finden, und 1872 verpflichtete ein Beschluß der Gemeinde Simmering die neuen Fabriksherren auch zur Anlage von Arbeiterwohnhäusern. Ebenfalls auf ehemaligem Ackerland wurde an der Simmeringer Hauptstraße 1874 der mehr als 2 km^2 große Zentralfriedhof errichtet.

Zwischen Donaukanal und Haidestraße entstanden um die Jahrhundertwende am Nordrand der Simmeringer Haide zwei große städtische Versorgungsbetriebe, das Gaswerk mit den vier mächtigen zylindrischen Gasometern, die als wohl prominenteste Industriebauten Wiens die Silhouette dieses östlichen Stadtbereichs prägen, und das Elektrizitätswerk.

Fotos Seite 72:
Die Friedhofskirche hl. Karl Borromäus (Lueger-Kirche) am Zentralfriedhof, von Max Hegele errichtet, ist ein bedeutender Zentralbau der Jahrhundertwende.
Links unten: Das Krematorium wurde 1922 von Clemens Holzmeister im Garten des Neugebäudes erbaut.
Foto Seite 73:
Die mächtigen, weithin sichtbaren Simmeringer Gasometer, 1896–1899 erbaut – ein beeindruckendes technisches Denkmal am Stadtrand.

XII.
MEIDLING

Von den Ortschaften, die 1892 als XII. Bezirk eingemeindet wurden, haben sich nur noch wenige Spuren erhalten. Der ca. 820 ha große Bezirk wird von etwa 79.000 Menschen bewohnt.
1140 erstmals urkundlich erwähnt, lag das damalige Straßendorf an der unteren Meidlinger Hauptstraße und reichte im Süden bis zur Tivoligasse. Durch die Nähe von Schloß Schönbrunn erlebte vor allem der westliche Ortsteil im Bereich Schönbrunner Straße-Grünbergstraße im 18. Jahrhundert einen gewissen Aufschwung, sodaß 1806 — Meidling war auch durch die Entdeckung einer Heilquelle zu einem Kurort und zu einer beliebten Sommerfrische geworden — die Teilung des Ortes in die Gemeinden Obermeidling und Untermeidling (flußabwärts) erfolgte. Äcker und Weingärten umgaben die Siedlung; ein Feldweg — die jetzige Meidlinger Hauptstraße — führte von einer Furt auf Höhe der Lobkowitzbrücke nach Süden. Die Schönbrunner Straße, eine Uferrandstraße entlang der Wien, stellte die Verbindung zwischen der inneren Vorstadt und Schloß Schönbrunn her. Südlich von Meidling gelangte man nach Überquerung der Meidlinger Senke (Philadelphiabrücke) über den alten Liesinger Weg (Breitenfurter Straße) nach Süden. Die Altmannsdorfer Allee bestand bereits seit dem 17. Jahrhundert als Verbindung zwischen den beiden kaiserlichen Schlössern Laxenburg und Schönbrunn.
Altmannsdorf und Hetzendorf, zwei im Liesingbachtal gelegene mittelalterliche Ansiedlungen, gehen auf Gründungen des 12. Jahrhunderts zurück. Hier haben sich die ursprünglichen Ortsformen besser erhalten. Altmannsdorf ist ein Dreieckangerdorf, das später im Bereich Hetzendorfer Straße–Breitenfurter Straße erweitert wurde; mit dem reizvollen Khleslplatz hat sich hier ein Ensemble von Altbauten erhalten. Der Ortskern von Hetzendorf liegt an der

Hetzendorfer Straße zwischen Jägerhausgasse und Boërgasse. Ein im Osten der Siedlung gelegenes Jagdschloß wurde Anfang des 18. Jahrhunderts von Johann Lucas von Hildebrandt zu einem Barockschloß ausgebaut. 1742 gelangte die Anlage in den Besitz des kaiserlichen Hofs und wurde durch die Schönbrunner Allee mit Schloß Schönbrunn verbunden. Gaudenzdorf entstand um 1800 vor dem Linienwall an der Schönbrunner Straße als Handwerkersiedlung, und Wilhelmsdorf wurde 1819 in der Nähe einer Ziegelei als Arbeitersiedlung errichtet.
Bereits ab Ende des 18. Jahrhunderts hatten sich im Meidlinger Raum zahlreiche Gewerbebetriebe angesiedelt, darunter Ziegelöfen, Textilbetriebe, besonders Stoffdruckereien, aber auch Färbereien und Gerbereien entlang der Wien. Dem Aufschwung der Industrie folgten ein rascher Zuzug zahlreicher Arbeitskräfte und die Errichtung unzähliger, bald überbelegter Massenquartiere in billig erbauten Zinskasernen. Die schlechte wirtschaftliche und soziale Lage der Arbeiter führte 1864 zur Selbsthilfe in Form der Gründung einer Konsumgemeinschaft, aus der später die Konsumgenossenschaft mit Hauptsitz in Meidling entstehen sollte.
Erst in der Zwischenkriegszeit konnte durch die Errichtung großzügiger Gemeindebauten eine Verbesserung der Wohnverhältnisse in den inneren Bezirksteilen erzielt werden. Der ausgedehnte George-Washington-Hof am Wienerberg, der Fuchsenfeldhof, die Gartenstadt Am Tivoli und die Siedlung Am Rosenhügel entstanden — neben zahlreichen weiteren gemeindeeigenen Wohnbauten — auf bisher noch unverbauten Grundstücken.
Nach dem Zweiten Weltkrieg folgten zahlreiche Betriebsansiedlungen in den südlichen Bezirksteilen. Altmannsdorfer und Breitenfurter Straße sind zu wichtigen Durchzugsstraßen für den Nahverkehr nach Süden geworden.

Oben: Blick auf eine Häuserzeile in Meidling.
Links: Schloß Hetzendorf, Ende des 17. Jahrhunderts als Jagdschloß für die Grafen Thun erbaut.
Unten: Die Meidlinger Pfarrkirche hl. Johannes Nepomuk (1842–1845).

Oben: Die Koppreiter-Remise.
Rechts und unten: Der Fuchsenfeldhof, 1921–1924 erbaut, ist eine der ersten von der Gemeinde Wien errichteten Wohnhausanlagen.

XIII.
HIETZING

Hietzing, bewohnt von etwa 55.000 Einwohnern und mit einer Fläche von ca. 3.770 ha der drittgrößte der Wiener Gemeindebezirke, ist durch den Lainzer Tiergarten auch der Bezirk mit dem höchsten Anteil an Grünland. Zusammen mit dem Bereich des heutigen XIV. Bezirks wurde Hietzing 1892 nach Wien eingemeindet. Nach der Teilung von 1938 wurde aus den Gebieten nördlich des Wienflusses der XIV. Bezirk geschaffen. Der Altort Hietzing, 1074 urkundlich erwähnt, lag entlang der heutigen Altgasse. Das ehemalige Gassengruppendorf, durch die Nähe von Schloß Schönbrunn aufgewertet, erfreute sich vor allem seit dem späten 18. Jahrhundert wachsender Beliebtheit als Sommerfrische der Wiener, sodaß hier bald zahlreiche Neubauten entlang der Maxingstraße, Trautmannsdorffgasse, Wattmanngasse und Gloriettegasse entstanden.

Im Bereich von Schloß Schönbrunn stand die Katterburg, die Kaiser Maximilian II. 1569 erwarb. Nach Ausbauten unter Kaiser Ferdinand III. präsentierte Johann Bernhard Fischer von Erlach 1692/93 ein großzügiges Neubauprojekt, das die Errichtung des Schlosses auf der Gloriette-Höhe vorsah. 1695 begann die Ausführung des zweiten, modifizierten Entwurfs. Kaiserin Maria Theresia ließ weitere Umgestaltungen durch Nikolaus Pacassi vornehmen, und Ferdinand Hetzendorf von Hohenberg erbaute 1775 auf dem Hügel hinter dem Schloß die weithin sichtbare Gloriette. Um 1750 war der bis heute bestehende Tiergarten durch Jean Nicolas Jadot angelegt worden. Südwestlich des Schloßgeländes lagen zwei weitere Altorte, das möglicherweise einst slawisch besiedelte Lainz (1324), ein Grabendorf an der Lainzer Straße zwischen heutiger Veitinger- und Fasangartengasse, sowie das 1355 erwähnte Speising. In Ober-St.-Veit befand sich eine Siedlung um die Kirche am Wolfrathplatz; 1365 wurde hier das Erzbischöfliche Schloß errichtet. Erst im 19. Jahrhundert entstand flußabwärts an der Wien das „Neudörfl", heute Unter-St.-Veit. Am Ende der Auhofstraße lag Hacking. Hier dürfte eine Furt und damit ein alter Flußübergang bestanden haben. Seit dem ausgehenden 18. Jahrhundert Sommerfrische und Villenort, wurde Hietzing nun bald zum großbürgerlichen Wohnbezirk. In den achtziger Jahren des 19. Jahrhunderts wurde das ausgedehnte Gebiet des Vergnügungsparks Neue Welt neu parzelliert und verbaut; hier entstand das Hietzinger Cottage mit einer Vielzahl großzügiger Villen und Mietvillen inmitten ausgedehnter Gärten. Die Bautätigkeit der Jahrhundertwende brachte neben der verkehrstechnischen Erschließung des Wientals infolge des Stadtbahnbaus auch die Errichtung zahlreicher qualitätvoller Wohnbauten, so z. B. Josef Hoffmanns Wiener Hauptwerk, die Villa Skywa-Primavesi von 1913–1915; in unmittelbarer Nähe liegen mit Friedrich Ohmanns Villa Schopp von 1901 und Ernst Lichtblaus Wohnhaus von 1914 in der Wattmanngasse 29 zwei weitere anspruchsvolle Wohnbauten aus dieser Zeit. Adolf Loos' Haus Scheu von 1912–1913 brachte die für Wien neue Lösung des Terrassenwohnhauses. Im Bereich Wattmanngasse–Melchartgasse–Opitzgasse entstand ab 1913 eine frühe Siedlungsanlage. Unmittelbar nach der Jahrhundertwende wurden im XIII. Bezirk einige weitläufige öffentliche Baukomplexe errichtet: das Lainzer Krankenhaus (1908–1913), nahe dem 1902–1904 erbauten Versorgungsheim, das Invalidenhaus an der Fasangartengasse und 1912/13 das Amtshaus am Hietzinger Kai.

Die Entscheidung zwischen den beiden grundsätzlichen Alternativen im sozialen Wohnbau der Zwischenkriegszeit — vielgeschoßiger, gegen einen inneren Hofraum geöffneter „Superblock" oder weitläufige Gartenstadt-Sied-

lung — konnte in Hietzing wegen der vorhandenen ausgedehnten, noch unverbauten Grundstücke in Stadtrandlage zugunsten des Siedlungsbaus ausfallen. So entstanden bald die Siedlungen Löckerwiese und Hermeswiese, die Siedlung Friedensstadt am Rand des Lainzer Tiergartens, deren Erbauung nach einer Grundstücksbesetzung zustande kam, die Künstlersiedlung und — als Leistungsschau der zeitgenössischen Architektur der Zwischenkriegszeit — die Werkbundsiedlung. Unter der Leitung von Josef Frank errichteten international anerkannte Architekten, unter ihnen Brenner, Lurçat, Neutra, Plischke, Rietveld, Hoffmann, Wlach und Haerdtl — zahlreiche Wohnhäuser. Nach dem Zweiten Weltkrieg entstanden in Hietzing weitere Wohnbauten, wie die Kongreßsiedlung und die Wohnhäuser an der Speisinger und Lainzer Straße, am Roten Berg und am Gemeindeberg.
Der Lainzer Tiergarten, das einstige kaiserliche Jagdrevier, in dem Karl Hasenauer 1882–1886 für Kaiserin Elisabeth die Hermesvilla errichtet hatte, gelangte nach dem Ersten Weltkrieg an den Kriegsgeschädigtenfonds; seit dieser Zeit ist er als Erholungsgebiet öffentlich zugänglich.

Rechts und unten: Der Hofpavillon der Stadtbahn, 1899–1901 von Otto Wagner erbaut, fungierte als kaiserlicher Wartesalon in unmittelbarer Nähe von Schloß Schönbrunn.

Oben: Der weitläufige Park von Schloß Schönbrunn wurde ab 1705 angelegt und später mehrfach verändert.
Links oben: Josef Hoffmanns Villa Skywa-Primavesi in der Gloriettegasse. Das 1913–1915 entstandene Wiener Hauptwerk des Architekten besticht durch großzügige Konzeption und gediegene Ausstattung.
Links unten: Schloß Schönbrunn, von Johann Bernhard Fischer von Erlach 1695/96 begonnen und von seinem Sohn Josef Emanuel vollendet.
Rechts oben: Das 1879–1882 errichtete Palmenhaus im Park von Schönbrunn ist eines der größten Glashäuser der Welt.
Rechts unten: Die von Ferdinand von Hohenberg erbaute Römische Ruine im Schloßpark.

XIV.
PENZING

Das Gebiet des XIV. Bezirks wurde 1892 zusammen mit den am südlichen Wienflußufer gelegenen Gebieten als XIII. Bezirk eingemeindet. Erst 1938 erfolgte die Abtrennung der nördlich der Wien gelegenen Bereiche und die Schaffung des XIV. Bezirks, dem auch Hadersdorf-Weidlingau und das 1954 wieder ausgegliederte Purkersdorf angeschlossen wurden. Heute leben etwa 80.500 Menschen auf dem ca. 3.400 ha großen Gebiet.

Entlang der Penzinger Straße, die dem Verlauf einer römischen Hochstraße folgt, entwickelte sich zwischen Einwanggasse und Diesterweggasse das 1130 urkundlich erwähnte Straßendorf Penzing. Die hochgelegene Pfarrkirche St. Jakob geht auf das 13. Jahrhundert zurück. Während der Reformation war Penzing eines der Zentren der niederösterreichischen Wiedertäuferbewegung. Zum Zeitpunkt der Verbauung der Rochuskapelle um 1600 war der Ort im Osten bereits über die Erbauung der Beckmanngasse hinausgewachsen, um im 18. Jahrhundert die Höhe der auf die Hauptachse von Schloß Schönbrunn bezogenen Schloßallee zu erreichen. Hier stand seit 1744 das Lothringerhaus, das spätere Palais Cumberland und heutige Max-Reinhardt-Seminar. An der Penzinger Straße hat sich eine Reihe von barocken Häusern erhalten. Westlich von Penzing lag die 1195 erwähnte Ortschaft Baumgarten. Unterbaumgarten war ein Straßendorf entlang der Linzer Straße zwischen heutiger Zehetner- und Kefergasse. Oberbaumgarten entstand um das von Feldmarschall Graf Hadik ausgebaute Schloß, an dessen Stelle heute das 1891/92 errichtete Baumgartner Kasino steht.

Zwischen Breitenseer, Hütteldorfer und Kendlerstraße bestand seit Ende des 12. Jahrhunderts die Siedlung Breitensee, ein Linsenangerdorf um einen Teich. Die Ortschaft Hütteldorf entstand im 12. Jahrhundert im Bereich der Rosentalgasse–Hütteldorfer Straße. Hadersdorf-Weidlingau und Mariabrunn liegen im westlichen Wiental und sind durch das Haltertal und den Wolfsberg von den inneren Bezirksteilen getrennt. Hadersdorf und das südlich des Mauerbachs gelegene Weidlingau gehen auf das 12. bzw. 13. Jahrhundert zurück; hier haben sich keine Spuren der alten Ortskerne erhalten. Das Hadersdorfer Schloß, unter den Herren von Teuffenbach ab 1571 ein Zentrum des Protestantismus, gelangte 1776 an Feldmarschall Gideon Ernst Laudon und wurde von ihm ausgebaut. Nördlich des Schlosses, am Waldrand nahe der Mauerbachstraße, liegt ein beschaulicher, dem Naturverständnis der Romantik entsprechender Isolierung der Sarkophag Laudons. Nahe der Mündung des Mauerbachs entstand ab 1639 an Stelle eines älteren Vorgängerbaus die Mariabrunner Wallfahrtskirche mit dem ehemaligen Augustiner Barfüßer-Kloster, an dem Abraham a Sancta Clara wirkte.

Seit der zweiten Hälfte des 18. Jahrhunderts waren in Penzing staatlich geförderte Textilbetriebe angesiedelt worden. Die restlichen Gemeinden blieben zunächst noch von der Landwirtschaft geprägt, bis die Aufhebung der Grundherrschaft und die Errichtung der Kaiserin-Elisabeth-Westbahn ab der Mitte des 19. Jahrhunderts einen Strukturwandel einleiteten, in dessen Folge es zur Ansiedlung zahlreicher Gewerbebetriebe und zu einer immer rascher fortschreitenden Verstädterung des Gebiets kommen sollte. Die Neuerschließung und -verbauung nahm ihren Ausgang von dem Bereich zwischen Breitenseer und Hütteldorfer Straße. Nach der Jahrhundertwende entstand mit der von Otto Wagner projektierten Anlage des Psychiatrischen Krankenhauses „Am Steinhof" ab 1902 eine ausgedehnte Hospitalanlage, die von Wagners weithin sichtbarer St.-Leopolds-Kirche bekrönt wird.

Oben und links: Otto Schönthals 1900/01 erbaute Villa Vojcsik in der Linzer Straße, ein wichtiger Bau der frühen Wagner-Schule. Eine zurückhaltend-dekorative Linienführung dominiert auch das Innere des Baues.
Unten: Farbige Fliesen und unterschiedlich strukturierte Putzfelder beleben die Fassade des von Karl Fischl errichteten Wohnhauses in der Penzinger Straße.

Otto Wagners Anstaltskirche St. Leopold am Steinhof, 1904-1907 erbaut, dominiert die Anhöhe des Gallitzinberges. Sie ist das sakrale Hauptwerk der Epoche des Jugendstils.

XV.
RUDOLFSHEIM-FÜNFHAUS

Rudolfsheim-Fünfhaus wird von der Westbahntrasse in zwei siedlungstechnisch klar unterscheidbare Hälften geteilt und besteht aus dem Gebiet der ehemaligen Orte Reindorf, Rustendorf und Braunhirschen, die sich 1863 zur Gemeinde Rudolfsheim zusammenschlossen und gemeinsam mit Sechshaus 1892 als XIV. Bezirk eingemeindet wurden. Aus Fünfhaus entstand 1892 der XV. Bezirk. 1905 wurde das Gebiet innerhalb des Gürtels abgetreten, und 1938 erfolgte die Schaffung eines aus Rudolfsheim und Fünfhaus gebildeten XV. Bezirks, dessen Name — Fünfhaus — 1957 in Rudolfsheim-Fünfhaus geändert wurde. Hier leben heute etwa 69.400 Menschen auf ungefähr 369 ha Fläche.

Reindorf, 1344 urkundlich erwähnt und ursprünglich an der Sechshauser Straße gelegen, wurde nach seiner Zerstörung im 15./16. Jahrhundert nördlich von Herklotzgasse und Oelweingasse zwischen Grimmgasse und Geibelgasse neu aufgebaut. Rustendorf, ursprünglich wohl im Bereich des Märzparks gelegen, wurde an der Poststraße nach Linz (Mariahilfer Straße, zwischen Zollernsperggasse und Lehnergasse) neu erbaut. Seit dem 18. Jahrhundert entstanden hier zahlreiche Einkehrgasthöfe. Nach der Parzellierung eines Herrensitzes wurde im ersten Viertel des 19. Jahrhunderts zwischen Schwendermarkt und Sechshauser Straße die Siedlung Braunhirschen angelegt; die typischen Baublöcke des Vormärz haben sich in der Verbauungsstruktur des Gebiets erhalten. Fünfhaus ging aus einer Zeile von fünf Winzerhäusern entlang der Clementinengasse hervor, und seit dem 18. Jahrhundert entstand die Siedlung Sechshaus zwischen Sechshauser Straße und Ullmannstraße. Weinbau, Landwirtschaft und das traditionell in Flußnähe angesiedelte Gerber- und Färbergewerbe waren die wichtigsten Erwerbszweige der Orte. Bereits im letzten Drittel des 18. Jahrhunderts wurde mit der Errichtung der Oesterleinschen Gewehrfabrik nördlich der Mariahilfer Straße die Grundlage für die Industrialisierung des Gebiets gelegt; 1840 folgte die Errichtung des Gaswerks. Rustendorf, Braunhirschen und Fünfhaus blieben aber wegen ihrer Gaststätten und Vergnügungsetablissements beliebte Ausflugsziele. Bis zur Mitte des 19. Jahrhunderts waren die alten Ortskerne bereits zusammengewachsen. Die soziale Lage in dem dicht verbauten, von zahlreichen Betrieben durchsetzten Gebiet führte 1848 in Fünfhaus und Sechshaus zum Sturm auf die Maschinen. Der Schmelzer Friedhof und die Schmelz waren 1848 Schauplatz schwerer Kampfhandlungen.
Die Errichtung der Westbahn förderte den Zuzug weiterer Industriezweige in das nun auch verkehrstechnisch erschlossene Gebiet. Zwischen Westbahn und Hütteldorfer Straße entstand ab 1869 ein neues Viertel, Neu-Rudolfsheim, dessen regelmäßige Struktur sich deutlich von der älteren, kontinuierlich gewachsenen Verbauung südlich der Bahntrasse unterscheidet.
1868–1875 entstand mit Friedrich von Schmidts Kirche Maria vom Siege ein bemerkenswerter neugotischer Backsteinbau, dessen Silhouette den stadtseitigen Rand von Fünfhaus wirkungsvoll akzentuiert. Die Schmelzgründe, ein ausgedehntes, ab 1847 als Exerzierplatz benutztes Gebiet zwischen Gablenzgasse und Hütteldorfer Straße, blieben zunächst von der Verbauung ausgenommen. Auf dem östlichen, 1911 freigegebenen Teil entstand um den Kriemhildplatz das planmäßig verbaute Nibelungenviertel mit seinen zeittypischen Mietshäusern. In der Zwischenkriegszeit wurde die Verbauung der Schmelzgründe mit der Anlage der Siedlung Auf der Schmelz und des Vogelweidhofs fortgesetzt. Mit der Stadthalle (bis 1958) und dem neuen Westbahnhof (bis 1951) entstanden zwei weitere Großbauten.

Oben und links: Der während des Aufstands von 1848 schwer umkämpfte Schmelzer Friedhof wurde nach dem Ersten Weltkrieg in den „Märzpark“ umgewandelt.
Rechts oben: Die Kirche Maria vom Siege, 1868–1875 von Friedrich von Schmidt erbaut, dominiert den stadtseitigen Rand des XV. Bezirks.
Rechts unten: Die Rudolfsheimer Pfarrkirche wurde als neugotischer Backsteinbau 1893–1898 errichtet.

Foto Seite 89: Die „Wagner-Brücke“, Teil der Stadtbahn, mit der Wien um die Jahrhundertwende ein modernes Massenverkehrsmittel erhielt.

Self Service

XVI.
OTTAKRING

Ottakring und das unmittelbar an den Gürtel angrenzende Neulerchenfeld wurden 1892 nach Wien eingemeindet. Im XVI. Bezirk leben etwa 88.600 Menschen auf einer Fläche von ca. 864 ha.
Der Kirchweiler Ottakring, 1150 erstmals urkundlich erwähnt, bestand vielleicht schon seit der Jahrtausendwende im Bereich Thaliastraße–Gallitzinstraße–Johann-Staud-Straße. Im 11. Jahrhundert entwickelte sich ein Grabendorf entlang der oberen Ottakringer Straße bis zur Vorortelinie. Der Ortsteil um die ehemals am Ende der Thaliastraße gelegene Lambertikirche wurde nach der Zerstörung während der Türkenbelagerung 1683 nicht wieder aufgebaut.
Neulerchenfeld, ab 1705 unmittelbar außerhalb des neuerbauten Linienwalls beidseitig der Neulerchenfelder Straße errichtet, war eine planmäßig angelegte, aus sechs rechteckigen Baublöcken bestehende Handwerkersiedlung. Nördlich der Ortschaft lagen die Gründe des 1770 von Simon van Yppen gestifteten Invalidenhauses; ein Nachfolgebau befindet sich seit 1876 am Lerchenfelder Gürtel. Der westliche Teil der Gründe wurde bis 1848 als Exerzierplatz verwendet.
Der ländliche Charakter des Weinhauerorts Ottakring blieb bis um 1870 nahezu unverändert erhalten. Im Bereich Ottakringer Straße Nr. 222 und 224 stehen noch heute alte Ottakringer Winzerhäuser.
1781 erwarb Feldmarschall Graf Lacy Gründe auf dem Predigtstuhl, um hier ein Schlößchen zu erbauen, das er bereits 1785 dem Fürsten Gallitzin überließ. In dem ehemals zum Schloß gehörigen englischen Garten haben sich Reste einer künstlichen Ruine und ein Rundtempel erhalten. Das Schloß wurde 1903–1908 durch einen Neubau ersetzt.
Die großstädtische Verbauung Ottakrings begann sich im dritten Viertel des 19. Jahrhunderts von Neulerchenfeld aus nach Westen vorzuschieben. Die ehemaligen Yppschen Gründe nördlich von Neulerchenfeld — ein unverbauter Rest hat sich im Yppenplatz erhalten — wurden durch die Anlage der Payer- und Weyprechtgasse ab 1874 erschlossen. Auch das Gebiet südlich von Neulerchenfeld war in den siebziger Jahren des 19. Jahrhunderts bereits verbaut. Im Bereich des Johann-Nepomuk-Berger-Platzes hatte sich eine fächerartige Verbauungsstruktur gebildet. Die Bachgasse entlang des ab 1837 eingewölbten Ottakringer Bachs wurde radikal begradigt und bildet als schnurgerade Thaliastraße die Nordgrenze eines ausgedehnten, durch Längs- und Querstraßen rasterartig erschlossenen Gebiets zwischen Gablenzgasse und Vorortelinie.
In den westlichen, noch weitgehend unverbauten Bezirksteilen entstand aus einer Stiftung der Wilhelmine Montléart die ausgedehnte Anlage des im Pavillonsystem erbauten Wilhelminenspitals; 1910–1913 erbaute Otto Wagner den Pavillon 24, die Lupusheilstätte. Ab 1884 entstand an der Johann-Staud-Straße die Sternwarte des Industriellen Moritz von Kuffner. An der Herbststraße erbaute Josef Plečnik 1911/12 die Schmelzer Pfarrkirche zum Heiligen Geist. Die in Stahlbetonbauweise errichtete Kirche mit der in neoklassizistischen Formen gehaltenen Fassade ist eine der bedeutendsten Wiener Sakralbauten des frühen 20. Jahrhunderts.
Am nördlichen Rand von Ottakring entstand mit der Wohnhausanlage Sandleiten der größte Gemeindebau des Roten Wien. Die weiten unverbauten Flächen in Stadtrandlage boten für die Errichtung von Siedlungen in Grünlage günstige Voraussetzungen; während der Zwischenkriegszeit entstanden an der Gallitzinstraße und am Flötzersteig die Anlagen Starchant und Am Flötzersteig. In seinen Randbereichen hat der Bezirk Anteil am Wienerwald; von der 1956 errichteten Jubiläumswarte aus bietet sich ein weiter Fernblick.

Oben: Das 1928 eröffnete Kongreßbad, eines der zahlreichen während der Zwischenkriegszeit von der Gemeinde Wien errichteten Bäder.
Links: Das Schloß Wilhelminenberg wurde 1903–1908 inmitten eines ausgedehnten Parks erbaut.
Unten: Die vorstädtischen Märkte – hier der Brunnenmarkt – sind immer noch Einkaufs- und Kommunikationszentren.

Oben und unten: Die Wohnhausanlage Sandleiten von 1924/25 ist der größte Gemeindebau des Roten Wien. *Rechts:* Der Lobmeyrhof, ab 1898 nach Plänen von Theodor Bach und Leopold Simony errichtet.

XVII.
HERNALS

Der XVII. Bezirk besteht aus den ehemaligen Vororten Hernals, Dornbach und Neuwaldegg. Das ca. 1.136 ha große Gebiet wird von etwa 50.500 Menschen bewohnt.
Entlang des im verbauten Gebiet überwölbten Alsbachs verlief bereits während der Römerzeit ein Weg über Scheiblingstein nach Tulln. Unmittelbar vor dem Gürtel befand sich die 1134 erwähnte Siedlung Hernals, deren Anger zwischen heutiger Hernalser Hauptstraße und Jörgerstraße lag; er zeichnet sich auch heute noch innerhalb der städtischen Verbauung ab. Am Westende der Siedlung lagen nahe des Elterleinplatzes, der nach wie vor als lokales Zentrum fungiert, Herrensitz und Kirche. Ende des 16. und Anfang des 17. Jahrhunderts entwickelte sich das Hernalser Schloß unter den Jörgern zu einem Zentrum des Protestantismus. Dem Adel war 1609 die freie Religionsausübung in seinen Patronatskirchen gestattet worden, sodaß allsonntäglich zahlreiche protestantische Bürger aus der Stadt zum Gottesdienst nach Hernals strömten. Im Zug der Gegenreformation wurde das sogenannte „Auslaufen" durch die Konfiskation der Hernalser Kirche 1625 unterbunden. Bereits ab 1639 wurde an der nun dem Domkapitel zu St. Stephan unterstellten Kirche ein erster Kalvarienberg errichtet, der in der Folge zusammen mit der Kirche mehrfachen Umgestaltungen unterzogen wurde. Dieser Kalvarienberg bildete den Endpunkt eines von St. Stephan ausgehenden Prozessions- und Wallfahrtsweges; seine Errichtung sollte wohl ein Zeichen gegenreformatorischer Propaganda setzen.
In Dornbach bestand seit dem 11. Jahrhundert ein dem Stift St. Peter in Salzburg gehöriges Gut. Bald entwickelte sich eine Ortschaft entlang der Dornbacher Straße bzw. Alszeile östlich des Neuwaldegger Schloßhügels. Bis etwa 1800 war das Gebiet eine beliebte Sommerfrische; außerdem wurden hier

Obst- und Weinbau betrieben. In Neuwaldegg errichtete Johann Bernhard Fischer von Erlach ab 1692 für die Grafen Strattmann ein Sommerschloß an der Stelle eines älteren Vorgängerbaus. Im letzten Viertel des 18. Jahrhunderts ließ Graf Lacy um das Schloß einen ausgedehnten englischen Landschaftsgarten anlegen. Seit etwa 1820 sind die Hernalser Straße, die Jörgerstraße und die Kalvarienberggasse geschlossen verbaut. Etwas später sollten an der unteren Hernalser Hauptstraße einige typisch vorstädtische Vergnügungsetablissements entstehen. Um die Mitte des 19. Jahrhunderts siedelten sich erste Industriebetriebe in Hernals an. Nach Parzellierungen südlich und nördlich des alten Ortskerns vollzog sich die Siedlungsentwicklung entlang der gerade geführten Hernalser Hauptstraße. Außerhalb der Vortelinie bilden die Friedhöfe von Hernals, Dornbach und Gersthof (XVIII. Bezirk) eine weite, zusammenhängende Fläche. Auf den ausgedehnten unverbauten Gründen am Stadtrand entstanden während der Zwischenkriegszeit Kleingartenanlagen und die von Adolf Loos und Hugo Mayer konzipierte Siedlung Am Heuberg; in einer Zeile kam das von Loos für den Reihenhausbau entwickelte System „Haus mit einer Mauer" zur Anwendung.

Fotos Seite 96: Villa Seifert – anspruchsvolle Architektur im Cottage-Viertel. Der weitläufige Schwarzenbergpark wurde unter Graf Lacy 1766–1796 als englischer Garten angelegt.

Foto Seite 97: Schloß Schwarzenberg in Neuwaldegg, von Johann Bernhard Fischer von Erlach 1692–1697 erbaut.

Fotos Seiten 98–103: Individuelles Wohnen im Grünen, stimmungsvoll verwirklichbar im Kahlenbergerdorf (Seite 98), am Hackenberg in Sievering (Seiten 99–102) oder in Grinzing (Seite 103); alles XIX. Bezirk.

47

SCHULW

XVIII. WÄHRING

1892 wurden die Vororte Währing, Weinhaus, Gersthof und Pötzleinsdorf zusammen mit Neustift und Salmannsdorf eingemeindet; die beiden letzteren Ortschaften wurden 1938 an Döbling abgetreten. Heute leben in Währing auf einer Fläche von ungefähr 628 ha etwa 48.900 Menschen.

Am Unterlauf des Währinger Bachs befand sich seit dem 12. Jahrhundert entlang der Währinger Straße und Gentzgasse das Angerdorf Währing. Eine spätmittelalterliche Erweiterung schob sich nach Westen bis auf die Höhe des Aumannplatzes vor. Etwas weiter westlich lag der vor allem im Biedermeier wegen seiner Schenken beliebte Ort Weinhaus entlang der Währinger Straße zwischen Aumannplatz und Vorortelinie; eine Erweiterung des 18. Jahrhunderts entwickelte sich entlang der Lacknergasse. Beide Ortschaften konnten ihren dörflichen Charakter bis zur Mitte des 19. Jahrhunderts bewahren. Nördlich von Weinhaus lag die sogenannte Türkenschanze, deren Bezeichnung möglicherweise auf eine Befestigung der Zeit der ersten Türkenbelagerung 1529 zurückging. Gersthof entwickelte sich während des 19. Jahrhunderts in der Nähe eines Weinguts an der südlichen Zeile der Gersthofer Straße zwischen Erndtgasse und Scheibenbergstraße. Im ehemaligen Park des Gersthofer Schlosses wurde die Ignaz-Semmelweis-Klinik errichtet. Auch Pötzleinsdorf, 1112 urkundlich erwähnt, geht auf eine Zeilensiedlung bei einem Gutshof, dem späteren Pötzleinsdorfer Schloß, zurück. Um das heute stark veränderte Gebäude wurde um 1800 ein ausgedehnter englischer Landschaftsgarten angelegt. An der Pötzleinsdorfer Straße haben sich einige alte Weinhauerhäuser erhalten.

Während des 18. und 19. Jahrhunderts entstanden zahlreiche Sommersitze auf dem Gebiet des XVIII. Bezirks. Das nach 1808 erbaute Geymüller-Schlössel, in dem eine Sammlung von Biedermeierinterieurs untergebracht ist, ist ein typisches Beispiel für den Landhausbau in Vororten.

Wegen der unzureichenden verkehrstechnischen Erschließung blieb den nordwestlichen Vororten die Industrialisierung, die spätestens seit der Mitte des 19. Jahrhunderts ihren Einzug in die westlichen und südlichen Vororte gehalten hatte, weitgehend erspart, sodaß die dörflichen Strukturen der Siedlungen zunächst erhalten blieben.

Nördlich der Sternwartestraße entstand ab dem dritten Viertel des 19. Jahrhunderts an der Grenze zum XIX. Bezirk das Cottage, ein an englischen Vorbildern orientiertes bürgerliches Wohnviertel fernab der Produktionsstätten. 1874–1879 entstand die Universitäts-Sternwarte, und zwischen 1885 und 1910 wurde auf den Gründen der ehemaligen Schreiberschen Sandgrube der Türkenschanzpark angelegt. Bei der Eröffnung des ersten Teilbereichs 1888 kündigte Kaiser Franz Joseph die bevorstehende Eingemeindung der Vororte an. Ab 1894 entstand auf den Militärgründen an der Peter-Jordan-Straße die Hochschule für Bodenkultur.

Die Erschließung der Vororte durch die Erbauung der Vorortelinie brachte eine Aufwertung des Gebiets unmittelbar jenseits der Trasse innerhalb der von der Gersthofer Straße beschriebenen Schleife. Westlich der Scheibenbergstraße ist der XVIII. Bezirk nur locker verbaut. In der Zwischenkriegszeit entstanden mit der Umgestaltung der beiden aufgelassenen Währinger Friedhöfe zwei weitere Grünanlagen (Währinger Park und Schubertpark) innerhalb des an Grünflächen reichen Bezirks. Der weitläufige Park um das Pötzleinsdorfer Schloß, seit 1935 im Besitz der Gemeinde Wien, der Türkenschanzpark und die grünen Randbereiche des 18. Bezirks laden zu ausgedehnten Spaziergängen ein.

Oben: Die Villa Gessner, 1907 von Hubert und Franz Gessner in den kubisch-zurückhaltenden Formen der Wagner-Schule erbaut.
Unten: Johann Heinrich Geymüller ließ zu Beginn des 19. Jahrhunderts einen großzügigen Park um das Pötzleinsdorfer Schloß anlegen.
Links: Schule in der Köhlergasse, Architekt Hans Hollein.

Oben und unten: Der weitläufige Türkenschanzpark wurde ab 1885 auf den Gründen der Schreiberschen Sandgrube angelegt. Sein Name erinnert an eine Befestigung aus der Zeit der Türkenkriege.
Rechts: Von dem am Stadtrand gelegenen Schafbergbad aus bietet sich ein prächtiger Ausblick auf Wien.

XIX.
DÖBLING

Das Gebiet des XIX. Bezirks erstreckt sich vom Abfall der die Stadt im Bogen umziehenden Höhenrücken des Wienerwaldes bis zur Donau bzw. zum Donaukanal. Auf einer Fläche von 2.490 ha leben heute 67.500 Menschen.

Leitlinien für die Besiedlung des Gebiets waren die Taleinschnitte der in Donau und Kanal mündenden Wienerwaldbäche, aber auch die von der Stadt über Döbling, Heiligenstadt und Nußdorf nach Norden führende Limesstraße. Im XIX. Bezirk haben sich mehrere, seit frühester Zeit durch den Weinbau geprägte Siedlungen bis heute erhalten. Am Ende des Krottenbachtals liegen das 1330 genannte Neustift am Walde und — entlang der Dreimarksteingasse — die auf das 13. Jahrhundert zurückgehende Weinhauersiedlung Salmannsdorf. Die Anhöhe des Hackenbergs trennt das Krottenbachtal von dem nördlich gelegenen Arbesbachtal (Erbsenbachtal), das durch die Sieveringer Straße erschlossen wird. Das Straßendorf Untersievering liegt zwischen der Abzweigung bzw. Einmündung der Windhabergasse. In dem an der Straßengabelung Sieveringer Straße/Agnesgasse am Oberlauf des Arbesbachs gelegenen Obersievering hat sich eine Anzahl stattlicher, bis auf das 16. Jahrhundert zurückgehender Weinhauerhäuser erhalten. Jenseits des Meisel- bzw. Schenkenbergs liegt im Tal des Nestel- oder Reisenbergbachs das 1114 urkundlich erwähnte Grinzing, das ebenfalls bis heute vom Weinbau geprägt wird. Döbling wird durch den Unterlauf des Krottenbachs in zwei Hälften geschieden. Oberdöbling lag entlang der in der Nachkriegszeit neuverbauten Hofzeile bei der Pauluskirche; Unterdöbling (Krottendörfl) befand sich im Bereich der Silber-, Nußwald- und Ruthgasse. In Heiligenstadt konnten unterhalb der romanischen Jakobskirche römische Reste ergraben werden, die traditionell mit dem Grab des hl. Severin in Verbindung gebracht werden. Unmittelbar nördlich der Gassen von Heiligenstadt liegt nahe einer alten Donauüberfuhr Nußdorf. Auch hier hat sich — vor allem entlang der Kahlenberger Straße — ein bemerkenswertes Ensemble alter Winzerhäuser erhalten. Nördlich von Nußdorf liegt in der Senke zwischen Nußberg und Leopoldsberg, unmittelbar am Fluß, das um eine Burgkirchenanlage entstandene Kahlenbergerdorf. Die Kirche auf dem Kahlenberg geht auf ein 1628 von Kaiser Ferdinand II. gegründetes Kamaldulenserkloster zurück, von dem nur noch Reste bestehen. Auf dem Leopoldsberg stiftete Kaiser Leopold I. 1679 die Leopoldskirche als Nachfolgebau einer älteren Burgkapelle. Der von den Wienerwaldhöhen aus geführte Angriff auf die türkischen Belagerer Wiens führte 1683 zum Entsatz der Stadt und zur endgültigen Bannung der Türkengefahr. Seit dem 18. Jahrhundert entstanden in Döbling mehrere adelige Sommersitze, wie z. B. das Schlößchen in der Hofzeile (heute Neurologisches Krankenhaus) und das Nußdorfer Schikaneder-Lehár-Schlößchen.

Die großstädtische Verbauung setzte ab etwa 1800 entlang der heutigen Döblinger Hauptstraße und des Döblingerbachs (Billrothstraße) ein.

Im letzten Drittel des 19. Jahrhunderts entstand mit dem südlich der Krottenbachstraße gelegenen, teilweise zum 18. Bezirk gehörigen Cottage ein planmäßig angelegtes, gutbürgerliches Wohnviertel mit Villen und Mietvillen sowie ausgedehnten, zusammenhängende Grünflächen bildenden Gärten.

Etwa zur gleichen Zeit wurden In der Krim zwischen Sieveringer und Krottenbachstraße kleinbürgerliche Zinshäuser errichtet. Die Jahrhundertwende brachte mit der Erschließung der nordwestlichen, mittlerweile eingemeindeten Stadtbereiche durch die Errichtung der Stadtbahn und der Vorortelinie

einen verstärkten Zuzug nach Döbling. Auf der Hohen Warte errichtete Josef Hoffmann die von der Wiener Werkstätte ausgestattete Villenkolonie, und um die Kaasgrabenkirche entstand ein weiteres großbürgerliches Wohnviertel mit hohem Grünlandanteil; weite Flächen in den Randbereichen sind unverbaut geblieben. Großbürgerliche Prägung und hohe Wohnqualität machen Döbling zu einem beliebten Wohnbezirk.

Ein markantes Zeichen der kommunalen Wohnbautätigkeit des Roten Wien wurde mit dem monumentalen Karl-Marx-Hof an der Heiligenstädter Straße gesetzt. Die lange Front riegelt den Bereich des Heiligenstädter Bahnhofs gegen Westen ab und setzt einen weithin sichtbaren städtebaulichen Akzent. Der Karl-Marx-Hof gilt als Prototyp des sogenannten „Superblocks", der vielgeschoßige Wohneinheiten an den Grundstücksrändern mit weiten inneren Hofräumen kombiniert.

Rechts und unten: Der ausgedehnte, 1927–1930 von Karl Ehn erbaute Karl-Marx-Hof in Heiligenstadt, Aushängeschild der Wohnbautätigkeit des Roten Wien.

Fotos Seite 111:
Rechts oben: Nußdorf, am Fuß des Nußbergs gelegen, ist einer der Weinhauer-Orte am Stadtrand, die sich ihren dörflichen Charakter zum Teil bewahren konnten.
Links: Ein Stahlbetonskelettbau (Hotel Modul) von 1973–1975 setzt einen auffallenden Akzent an der Peter-Jordan-Straße.
Rechts unten: Die Gebäude der Hochschule für Bodenkultur liegen inmitten eines von großen Grünflächen durchsetzten Wohnviertels.

HOCHSCHULE FÜR BODENKULTUR
WILHELM EXNERHAUS

XX. BRIGITTENAU

Die Brigittenau, 1850 zusammen mit der Leopoldstadt eingemeindet, wurde erst 1900 zu einem selbständigen Bezirk erklärt. Heute leben hier auf einem Gebiet von rund 567 ha etwa 71.800 Menschen.

Die Brigittenau war ebenso wie die Leopoldstadt wegen ihrer Lage im Gebiet des Unteren Werd stark hochwassergefährdet und blieb daher lange Zeit hindurch nahezu unbesiedelt. Auwälder und Sandbänke prägten das Bild des von zahlreichen Wasserarmen durchzogenen Landstrichs am östlichen Ufer des schiffbaren Wiener bzw. Nußdorfer Donauarms (Donaukanal). Vom 16. bis zum 17. Jahrhundert sind für das Gebiet die Namen „Schottenau" und „Wolfsau" überliefert.

1645 standen schwedische Truppen unter der Führung Lennart Torstensons an der Wolfsschanze, einem befestigten Brückenkopf am nördlichen Ende der Wolfsbrücke unterhalb der heutigen Nußdorfer Schleuse. Die Kaiserlichen unter Erzherzog Leopold Wilhelm errichteten eine Gegenschanze und konnten die von den Schweden besetzte Befestigung in der Folge einnehmen. Am St. Brigitta-Tag soll der ins Gebet vertiefte Erzherzog einer Sage nach von einer schwedischen Kugel in wundersamer Weise knapp verfehlt worden sein. Kaiser Ferdinand III. stiftete nahe der Brücke die Brigittakapelle, die von Filiberto Lucchesi erbaut und der schwedischen Nationalheiligen Brigitta geweiht wurde. Zu dieser Zeit hieß das Gebiet bereits Brigittenau. Ab dem 18. Jahrhundert wurde hier ein beliebtes Volksfest, der Brigittakirtag, abgehalten. Nach der Zerstörung des alten Donauübergangs im Türkenjahr 1683 wurde stromabwärts eine neue Brücke geschlagen und im Bereich des Platzes Am Tabor eine neue Befestigung errichtet. Auf dem Weg zur neuen Brücke entstand im 18. Jahrhundert die Siedlung Zwischenbrücken.

Bis ins 19. Jahrhundert hinein bestimmten jedoch weiterhin Auen und Gärten, aber auch zahlreiche Wasserarme das immer noch zum Großteil unverbaute Gebiet. Im Zuge der späteren Nordwestbahntrasse verlief das bis 1780 schiffbare Fahnenstangenwasser, zwischen letzterem und dem Hauptstrom das Kaiserwasser. Erst ab 1850 kam es zur systematischen Parzellierung und Verbauung der sogenannten Kanalbrigittenau zwischen Klosterneuburger und Treustraße und des Gebiets entlang der Hartlgasse zwischen Pappenheim- und Greiseneckergasse.

Von entscheidender Bedeutung für die weitere Besiedlung des Gebiets war die große Donauregulierung von 1870–1875, die durch die beim Bau des Suezkanals bewährte Firma Castor, Hersent und Couvreux durchgeführt wurde. Der Hauptstrom der Donau wurde in sein heutiges Bett verlegt, die zahlreichen Wasserarme, die den Unteren Werd lange Zeit hindurch gefährdet hatten, wurden stillgelegt; mit der Errichtung der Kaiser-Franz-Josephs-Brücke (Floridsdorfer Brücke), der Nordwest- und Nordbahnbrücke wurden drei neue Donauübergänge geschaffen. Mit der Erbauung der Brigittakirche durch Friedrich von Schmidt 1867–1873 entstand um den Brigittaplatz ein neues lokales Zentrum. Der Bau der Nordwestbahn 1869–1872 und der Donauuferbahn 1876 führte zwar zur Aufwertung des Gebiets unmittelbar am Hauptstrom, bedingte aber auch gleichzeitig dessen Isolierung von der restlichen Brigittenau. Hier stand ab 1880 ein von zahlreichen Industriebetrieben, Magazinen und Lagerhäusern durchsetztes Viertel, das von der Nähe zu Strom und Bahnhöfen profitierte.

Ein durch spätgründerzeitliche Zinshäuser dicht verbauter Bereich entwickelte sich um die Treustraße, Jägerstraße und Wallensteinstraße. Außerhalb dieser

Gebiete erstreckten sich immer noch unbebaute Flächen, die bis in die Nachkriegszeit Bodenreserven für einen expandierenden Wohn- und Industriebau boten. Während der Zwischenkriegszeit konnten daher ausgedehnte Gemeindebauten entstehen, so etwa der Winarskyhof in der Stromstraße und die Wohnhausanlage am Friedrich-Engels-Platz an der Floridsdorfer Brücke.

Rechts oben: Die 1908 erbaute Straßenbahnremise in der Wexstraße ist einer der frühesten Stahlbetonskelettbauten Wiens.
Rechts unten: Der Kontrast von weißem Beton und blauer Verglasung bestimmt den klar gegliederten, weithin sichtbaren Bau der Allgemeinen Unfallversicherungsanstalt (1974–1977).
Unten: Die Wohnhausanlage am Friedrich-Engels-Platz, 1930–1933 von Rudolf Perco errichtet.

Foto Seite 115:
Die monumentalen Bronzelöwen am Nußdorfer Wehr markieren die Abzweigung des Donaukanals vom Hauptstrom als repräsentative Stadteinfahrt.

VIRIBVS
VNITIS

XXI.
FLORIDSDORF

Floridsdorf, der XXI. Wiener Gemeindebezirk, wurde 1904 zusammen mit Donaustadt nach Wien eingemeindet und 1938 vom heutigen XXII. Bezirk wieder abgetrennt. Etwa 119.600 Menschen leben hier auf einer Fläche von etwa 4.448 ha; damit ist Floridsdorf der Bezirk mit der zweithöchsten Einwohnerzahl.

Durch seine Lage am Südrand des Marchfelds war das Gebiet lange Zeit hindurch hochwassergefährdet. 1058 ist für diesen nördlich der alten römischen Reichsgrenze gelegenen Bereich erstmals die Bezeichnung Marchfeld nachgewiesen. Schon im 11. Jahrhundert bestand eine Donauüberfuhr zwischen Nußdorf und Jedlesee.

Die Ortschaft Strebersdorf, im 11. Jahrhundert urkundlich erwähnt, wurde nach ihrer Zerstörung durch ein Hochwasser unterhalb der Südflanke des Bisambergs wieder aufgebaut. Ebenso wie in dem seit dem 12. Jahrhundert bestehenden Angerdorf Stammersdorf, dessen Ortsform gut erhalten geblieben ist, wird hier seit alters her Weinbau betrieben. Das Angerdorf Leopoldau entstand um 1120 entlang eines verlandeten Donauarms. Seit der Mitte des 19. Jahrhunderts bestehen in der Nähe von Leopoldau die Ortschaften Neuleopoldau und Mühlschüttel, die sich im letzten Viertel des 19. Jahrhunderts zur Gemeinde Donaufeld zusammenschlossen. Großjedlersdorf entstand als Straßendorf entlang der Brünner Straße. Durch die Regulierung von 1782 wurde die ursprünglich durch den Ort führende Straße weiter nach Osten verlegt. Floridsdorf entstand in verkehrstechnisch äußerst günstiger Lage an der Gabelung zweier alter Fernverkehrstraßen, der Prager und der Brünner Straße, unweit einer 1698 angelegten Donaubrücke. An der Straßengabelung — von der außerdem noch die ursprünglich als Verbindung nach Preßburg bedeutende Schloßhofer Straße abzweigt — ließ der Klosterneuburger Prälat Floridus Leeb 1786 eine Siedlung anlegen. Die Straßengabelung hieß seit alters her „Am Spitz"; ihre Funktion als Brennpunkt der Siedlung wurde durch die Erbauung des Rathauses 1901–1903 unterstrichen und hat sich bis heute erhalten. Kurz nach der Eingemeindung der Vororte 1892 schlossen sich die Ortschaften Floridsdorf, Donaufeld, Jedlesee und Neujedlersdorf (südlicher Teil von Großjedlersdorf) zur Großgemeinde Floridsdorf zusammen, die 1904 mit dem Gebiet des XXII. Bezirks eingemeindet wurde. 1910 erfolgte die Eingliederung der Ortschaft Strebersdorf.

Der Zuzug von Betriebsniederlassungen und die Schaffung von neuen Wohnvierteln ab der Jahrhundertwende waren eine Folge der Eingemeindung, zumal die ausgedehnten Flächen des neuen Bezirks genug Grundstücke für eine expandierende Industrie boten. Floridsdorf entwickelte sich schnell zum Arbeiterbezirk. Die Gemeinde Wien errichtete seit der Zwischenkriegszeit zahlreiche Wohnhausanlagen wie etwa den Karl-Seitz-Hof an der Jedleseer Straße. Auch nach den Zerstörungen des Zweiten Weltkriegs, dessen Bombardements dem Bezirk schwere Schäden zufügten, entstanden in Floridsdorf weitere umfangreiche Wohnhausanlagen wie die Satellitenstadt Großfeldsiedlung nördlich und nordöstlich von Leopoldau und — in jüngerer Zeit — der weithin sichtbare Heinz-Nittel-Hof an der Brünner Straße. Seit der Erbauung des Entlastungsgerinnes ab 1972 hat Floridsdorf Anteil an weiten Bereichen der Donauinsel, die zu einem beliebten Naherholungsgebiet geworden ist.

Stammersdorf und Strebersdorf, die sich in Verbauung und Charakter von den Winzerorten im Stadtbereich jenseits der Donau deutlich unterscheiden, werden ihrer Heurigen wegen ebenso gerne frequentiert wie die Hänge des Bisambergs und die unmittelbar vor der nördlichen Stadtgrenze gelegenen Orte.

Oben: Motiv aus Stammersdorf.
Links und unten: Der Karl-Seitz-Hof, einer der Floridsdorfer „Volkswohnpaläste".
Fotos Seite 119:
Links: Floridsdorfer Wasserpark.
Rechts: Kellergasse in Stammersdorf.

XXII. DONAUSTADT

Donaustadt ist mit einer Fläche von ca. 10.232 ha und etwa 106.700 Einwohnern der größte, aber auch gleichzeitig am wenigsten dicht besiedelte der 23 Wiener Bezirke. Erst 1904 wurde das Gebiet der am linken Donauufer gelegenen Bezirke Floridsdorf und Donaustadt nach Wien eingemeindet. 1938 erfolgte der Zusammenschluß Donaustadts mit einer Reihe von niederösterreichischen Gemeinden zum XXII. Bezirk Groß-Enzersdorf. Seit der Ausgemeindung dieser Orte 1954 trägt der Bezirk den Namen Donaustadt.

Das bis zur Donauregulierung 1870–1875 ständig überschwemmungsgefährdete Gebiet am Südrand des Marchfelds lag zur Römerzeit nördlich der römischen Reichsgrenze. Im Frühmittelalter zeitweise Teil des Großmährischen Reichs, wurde das Marchfeld, dessen früheste urkundliche Erwähnung aus dem Jahr 1058 datiert, unter den salischen Kaisern besiedelt. Die alten Ortsformen haben sich in dem bis heute nur locker verbauten, zu einem großen Teil landwirtschaftlich genutzten Gebiet relativ gut erhalten.

Das 1150 genannte Stadlau, im 15. Jahrhundert durch Hochwasser zerstört, wurde um die Mitte des 19. Jahrhunderts als Straßendorf neu errichtet; Aspern, 1258 genannt und in der Schlacht von Aspern 1809 zerstört, wurde als Rechteckangerdorf neu angelegt. Östlich davon liegt das Breitstraßendorf Eßling, wo im 18. Jahrhundert ein schloßartiger Meierhof errichtet wurde. Vom barocken Schloß in dem um 1240 erwähnten Straßendorf Hirschstetten ist nur die Kapelle erhalten. Von Kagran, einem Linsenangerdorf des 13. Jahrhunderts, ist der Angergrundriß in der Verbauung erhalten geblieben. Breitenlee, um 1160 urkundlich erwähnt, wurde ab 1695 als planmäßige Neuanlage wiedererrichtet; der lange, regelmäßige Rechteckanger entspricht einem im Marchfeld verbreiteten Siedlungstyp. Die Verbauung mit eingeschoßigen traufständigen Häusern ist — mit Ausnahme der weitgehend veränderten Fassaden — erhalten geblieben. Das am nördlichen Stadtrand gelegene Süßenbrunn geht auf ein Angerdorf des 13. Jahrhunderts zurück.

In unmittelbarer Donaunähe ist Kaisermühlen seit 1674 nachweisbar. Die Bannung der Hochwassergefahr durch die Donauregulierung ab 1870 und die Errichtung der Reichsbrücke 1872–1875 schufen günstige Voraussetzungen für die Verbauung des Gebiets. In der Folge entstand zwischen neuer Donau und dem alten Floridsdorfer Arm (Alte Donau) ein Zinshausviertel. Bereits 1907 eröffnete die Stadt Wien auf dem Gänsehäufel, einer Insel im alten Donauarm, ein Strandbad, das sich bald großer Beliebtheit erfreuen sollte.

Mit seinem Reservoir an Baugründen bot der XXII. Bezirk günstige Voraussetzungen für die Bautätigkeit der Zwischenkriegszeit. Weit außerhalb des dichtverbauten Gebiets entstanden um Stadlau, Breitenlee, Aspern und Hirschstetten zahlreiche Siedlungen.

In der Nachkriegszeit wurden im stromnahen Kaisermühlen weitere bauliche Akzente gesetzt; am Kaisermühlendamm entstanden die drei markanten Hochhäuser, und ab 1964 wurde anläßlich eine Gartenausstellung nördlich der Wagramer Straße der Donaupark mit dem Donauturm angelegt. Bereits seit 1965 waren weitere Eingriffe im ehemaligen Überschwemmungsgebiet der Donau geplant. 1969 wurde ein Konzept für einen Umfluter in dem breiten unverbauten Streifen am linken Donauufer erstellt, der das Hauptgerinne entlasten sollte. Seit 1972 entstand zwischen Hauptstrom und Entlastungsgerinne die etwa 20 km lange Donauinsel, die mittlerweile zu einem beliebten Naherholungsgebiet geworden ist.

Unmittelbar an der Wagramer Straße, wurde mit der Erbauung des Vienna International Center ab 1973 und des Kongreßzentrums ab 1982 die Umgestaltung des Donauuferbereichs vorerst abgeschlossen.
Die Errichtung der U-Bahn (U1) hat wesentlich zu einer Verbesserung der Verkehrsverbindungen in den östlichen Stadtbereich beigetragen. Um den 1982 eröffneten Kopfbahnhof in Kagran erfolgte durch die Erbauung eines Einkaufszentrums und eines Bezirkszentrums die Bildung eines neuen städtischen Brennpunkts.
Schließlich ist noch auf die Lobau hinzuweisen, ein ausgedehntes, von zahlreichen Altarmen durchzogenes Stück Aulandschaft am Ostrand des Bezirks, mit dem sich im Stadtgebiet ein großes Stück Naturlandschaft erhalten hat.

Unten: Die Bauten der UNO-City und des Konferenzzentrums setzen einen markanten Akzent am Donauufer. *Rechts:* Aulandschaften, Lobau.

Foto Seite 123: Die U-Bahn-Brücke über die Alte Donau.

XXIII.
LIESING

Liesing besteht aus den ehemaligen Ortschaften Liesing, Atzgersdorf, Erlaa, Inzersdorf, Kalksburg, Mauer, Rodaun und Siebenhirten, die 1938 zusammen mit den restlichen Gemeinden der Bezirkshauptmannschaft Hietzing-Umgebung als XXV. Bezirk mit Wien vereinigt wurden. Nach Gebietsabtretungen entstand 1954 der heutige XXIII. Bezirk. Auf seiner ca. 3.202 ha großen Grundfläche leben etwa 81.800 Menschen.

Bereits 1002 wird in einer Urkunde die Besiedlung des Wienerwalds zwischen Liesingbachtal und Triestingtal erwähnt. Die Richtlinien für die Siedlungsentwicklung in dem heute von ausgedehnten Wohn- und Industrievierteln geprägten Bereich waren durch die alten Fernverkehrswege und durch das Liesingbachtal gleichermaßen vorgegeben. An der im äußersten Südwesten in das Stadtgebiet eintretenden und zwischen Rannersdorf und Schwechat in die Schwechat mündenden Liesing entstand eine Reihe von Siedlungen, deren westlichste — Kalksburg — im 13. Jahrhundert erstmals urkundlich erwähnt wurde. An einer Wegkreuzung bildete sich rund um eine erhöht gelegene Pfarrkirche im Bereich einer ehemaligen Burg ein Kirchweiler. Die seit dem Jahr 1609 hier ansässigen Jesuiten betreiben bis heute ein Konvikt.

Etwas weiter östlich entstand — ebenfalls im 13. Jahrhundert — das heute fast gänzlich mit Perchtoldsdorf (NÖ) zusammengewachsene Rodaun um eine ebenfalls hoch gelegene Kirche.

Liesing, 1002 urkundlich erwähnt und 1905 zur Stadt erhoben, geht auf ein Gassengruppendorf mit einem Wasserschloß zurück. Wegen seiner Lage an der Südbahntrasse, deren Teilstück Wien – Wiener Neustadt bereits 1841 eröffnet werden konnte, war Liesing ebenso wie das etwas weiter nördlich gelegene, seit dem 12. Jahrhundert bestehende Atzgersdorf für die bald einsetzende Industrialisierung prädestiniert. Seit 1838 bestand in Liesing auch eine Brauerei.

Das südlich des Liesingbachtals gelegene Erlaa geht auf ein seit dem 12. Jahrhundert entlang der Anton-Baumgartner-Straße und Erlaaer Straße bestehendes Gassengruppendorf zurück. Neuerlaa entstand im 19. Jahrhundert an der Kreuzung der als Fernverkehrsstraße nach Süden seit dem Hochmittelalter bedeutenden Triester Straße mit der Altmannsdorfer und Erlaaer Straße.

Weiter östlich, nahe der Triester Straße, lag zwischen Draschestraße und Hochwassergasse das Angerdorf Inzersdorf, das unter der Herrschaft der Geyer im späten 16. und frühen 17. Jahrhundert ein Zentrum des niederösterreichischen Protestantismus war. Ab Mitte des 18. Jahrhunderts kam es durch den Aufschwung der hier angesiedelten Ziegeleien zu einem verstärkten Zuzug von Arbeitskräften; eine weitere Produktionssteigerung folgte im dritten Viertel des 19. Jahrhunderts, als die florierende Bauwirtschaft der Gründerzeit ihren sprunghaft angestiegenen Bedarf an Baumaterial decken mußte.

Die nördlich von Rodaun gelegene Ortschaft Mauer, ein Grabenangerdorf des 14. Jahrhunderts im Bereich Hauptplatz/Endresstraße, profitierte von ihrer Lage an einem auf eine römische Hochstraße zurückgehenden Verkehrsweg, der von der Lainzer bzw. Speisinger Straße an einer Wehranlage Ecke Lange Gasse/Kaserngasse vorbei über den seit 1974–1976 von Fritz Wotrubas Kirche gekrönten Georgenberg, Kalksburg und Rodaun nach Baden führte. Nur in Mauer hat sich der ursprünglich um die südlichen Vororte übliche Weinbau bis heute erhalten. Eine zweite alte Straße, der Liesinger Weg, führte über die Breitenfurter Straße und über Alland ins Triestingtal.

EISENBERGER-GROSSMARKT

Oben: Der Liesinger Aquädukt, als längste Talüberquerung der Ersten Wiener Hochquellenwasserleitung.
Links: Das auf eine mittelalterliche Anlage zurückgehende Schloß Alterlaa.
Unten: In Kalksburg besteht seit 1856 ein Jesuiten-Kollegium.
Foto Seite 127: Die Kirche auf dem Georgenberg entstand 1974–1976 nach einem Entwurf des Bildhauers Fritz Wotruba.